I was a saint in
my previous life became
a Pharmacist
前世聖女は
ました
2
日之影ソラ
イラスト――海鼠

Character
キャラクター
ラルク
ユーステッド王国の第二王子
アレイシアの婚約者
アレイシア
前世聖女だった記憶と力を
持ったまま生まれ変わり、
より多くの命を助けるために
宮廷薬師となる
Youthted
ユーステッド王国

Snow line
―スノーライン王国―
アイル
スノーライン王国の
新人宮廷薬師
クライン
スノーライン王国の第一王子
前世は聖女(アレイシア)を守る騎士
ロール
スノーライン王国の
ベテラン宮廷薬師
エドラド
ユーステッド王国の騎士

Contents

I was a saint in
my previous life became
a Pharmacist

前世聖女だった私は薬師になりました 2

日之影ソラ

〔イラスト〕海鼠

Jノベルライト文庫

◉前回までのあらすじ

千年前、多くの命を救った聖女はその代償として自らの命を失った――。

伝説の大聖女の記憶と力を持ったまま千年後に生まれ変わったアレイシアは、聖女の力にも助けられる人の数にも限りがあった前世を後悔していた。

今世では聖女ということを隠し、万能薬を作るために宮廷薬師になったが、新たな聖女が誕生してしまう。それは、いつもアレイシアを目の敵にしていた公爵令嬢・ミランダであった。

前世聖女であったことを打ち明け、聖女の力を使うことはリスクがあると伝えるが、信じないミランダ。命を削りながら人命救助をする姿が自分と重なり、アレイシアは苦しい思いをするが、大きな討伐を一緒に乗り越え、やがて信じてくれるようになる。

そんな中、アレイシアのことを唯一初めからずっと信じてくれていた第二王子・ラルクと恋仲となる。

万能薬も完成し、報奨として爵位を与えられたアレイシアはラルクと婚約し、前世でも感じたことのない幸せな時間を過ごすのだった――。

プロローグ
今世薬師の日常

たまに夢に見る。

遠い昔、私が聖女として生きていた頃の思い出を。

あの頃の私は、聖女としての役目を果たすこと以外は考えていなかった。苦しむ人の声を聞けば、たとえ世界の端であっても駆けつける。そう心で奮起して、一人でも多くの人が幸せになれるようにと願った。

毎日、毎日……多くの人が聖女である私のもとにやってくる。ある者は病に苦しみ、ある者は怪我の痛みに耐え、ある者は深い悩みをさらけ出す。

彼らの言葉に、思いに、私は耳を傾けた。一つも聞き逃すまいと、まるで自分のことのように。

その甲斐あって、私はたくさんの人たちを幸福に導くことができた。私のもとに来た時は不安そうに俯《うつむ》いていた人が、立ち去る時は満面の笑みで感謝の言葉を口にする。

新しい明日へ歩いていく彼らを見ていると、自分の選択が正しいのだと実感できた。だけど……私は間違っていた。

間違いに気付くのも遅すぎた。自らの命の終わりを前にして初めて、私が選んだ道の愚かさを痛感した。

人々は苦しみの中で聖女を求める。悲しい時も、苦しい時も、辛い時も、どんな不安を抱えていても、聖女の力が癒《いや》してくれる。

だから大丈夫だと、安心して日々を送っている。

一見して喜ばしいことだけど、これには大きな問題があった。そう、聖女という一人の存在に頼り切っていることだ。

人々の幸せは、聖女の力によって支えられている。だけどもし、聖女がいなくなってしまえば？

拠り所を失った人々は、不安と恐怖に怯えることになってしまう。制限付きの幸せは長くは続かない。

終わりは瞬く間に迫り、人々の前から聖女が消えた。その後のことは私にはわからない。

命を燃やし尽くし、最後の最後まで人々のために祈り続けた私は、ついに力尽きてしまったのだから。

最後の瞬間に感じたのは、形容しがたい後悔と悲しさだった。

命の終わりは孤独で、悲しい。それ以上に、私の未熟さのせいで救えなかった人々が大勢いることに落胆した。

私にもっと力があれば、もう少し踏ん張ることができれば……と。だけど、それじゃ駄目だとも気付いていた。

聖女の力に頼るだけでは、目の前にいる人しか救えない。私の前に来られる人しか助けられない。

見えないところで苦しみ、歩くことすらままならない人だっている。聖女という支えを失った人々は、この先ずっと悩み苦しみ続ける。

私が望んでいるのは、一時限りの幸せではなくて、長く続く安らかな日々だった。

もっと多くの人を救いたい。

その想いを胸に強く抱いて、この世を去った。

と、少し前まではここで夢から覚めて現実に戻っていた。それが今は、もう少しだけ続く。

過去から未来へ……現在に至る。聖女だった私は、千年後に再び生を享《う》けた。どういうわけか聖女だった頃の記憶と、力を宿したまま。最初は困惑した。何が起こったのかわからなかったから。

だけどすぐに、これは神様が与えてくださったチャンスだと思えた。聖女としての役割に尽くした前世での記憶が私にはある。

最後に抱いた後悔が、生まれ変わった小さな胸の奥にも宿っている。今度こそは後悔したくない。

私は誓った。

今世では、聖女の力には頼るまいと。奇跡に頼るのではなく、人間の知恵と努力をもって幸福の未来を摑みとってみせる。

そのために、私がすべきことはなんなのか。私がやりたいこと、私にできることを考えて……そうして出た答えが――

今世で私は、薬師《くすし》になろう。

それが私の選択だった。薬を作るのに必要なことは知識と経験。素材を集め、配合を試し、病に適した薬効を見つけ出す。

そこに奇跡は必要ない。奇跡ではなく、人が持つ当たり前の力で多くの人を苦しみから救うことができる。

前世でも薬学が発達していれば、人々が聖女の力に頼り切ることもなかったはずだ。現に、聖女がいなくなってから薬学や医学は急激に発展し、人々の生活を支えている。

医学や薬学は積み重ねだ。知識は増え、蓄積され、次の世代へと受け継がれていく。最初は小さな火種でも、徐々に大きく燃え広がる。

やがて世界を明るく、温かく照らす希望の光になっていく。私も、そんな積み重ねの一助になれたら嬉しいと思った。

薬について学び、生まれ育った村を出て王都にやってきた私は、さらなる勉強を積んで宮廷薬師になった。

恵まれた環境で薬の研究をして、どんな病や怪我にも効く万能薬を完成させること。それが私の夢になっていた。

一緒に同じ目標に向かって頑張る仲間もできたことは、前世との大きな違いだと思う。あの頃の私は、一人で全部を抱え込み、なんとかしようとしていた。

今世の私は友人や上司、後輩に囲まれている。そして、私のことを心から信頼してくれる優しい王子様もいてくれた。

それからたくさんの出来事があった。現代で誕生した新しい聖女をきっかけに、穏やかだった日々が慌ただしくなった。

大変なこともたくさんあったけど、その全てがあったから成し遂げたこともある。万能薬の夢に大きく近づき、大切な人の存在に気付くことができた。普通の女の子みたいに、誰かに恋をすることができたんだ。

私はとても幸せだよ。

これ以上ないくらい幸せで、こんな日々がずっと続いてほしいと祈っている。

ううん、祈るだけじゃ駄目なんだ。願うだけじゃ、本当にほしいものは手に入らない。そのことを、私は誰よりも知っている。

大切な人の傍《そば》にいたい。大切な人たちが笑顔でいられる日々を守りたい。そう願うなら、想いを形にしなくてはならない。

今世の私は聖女じゃない。

一人の薬師として、未来に繋がるものを作ろう。今が明日に、明日が明後日に、ずっと先の未来に繋がり、支えていけるように。

◇◇◇

温かな陽気に包まれた部屋。窓から差し込む朝日が、カーテンの隙間を縫ってベッドまで届く。

寝返りを打った先で僅かに届いた朝の眩《まぶ》しさを感じて、懐かしい夢を見ていた私の意識は現実へと戻ってくる。

「う、うう……」

寝返りをし直して、天井を向くように仰向けの姿勢になる。重たい瞼《まぶた》をゆっくりと開いて、霞む目を左手で擦《こす》る。

「ふぁ～」

と、大きな欠伸《あくび》を一回して、首までかかった布団を押しのけ、すっとベッドから起き上がる。

まだ少し寝ぼけながら、ベッドから足を降ろして立ち上がる。床の冷たさを足の裏で感じたところで目が覚め始め、大きく背伸びをして意識がハッキリと覚醒していく。

私は窓のほうへと歩みを進めて、カーテンを開く。

眩しい日差しを全身に受けながら窓を開け、穏やかな風が吹き抜ける。

「うん。今日もいい天気だ」

雲一つない青空に、燦燦《さんさん》と輝く太陽が見える。

千年前も今も、見上げる空は青く透き通り、世界の果てまで続いている。この景色だけはいつ見ても変わらない。

昔のことを夢に見たからだろうか。なんだか無性に懐かしさを感じてしまう。しばらく空を見上げてぼーっとしていた。

「……っと！　早く仕度しないと」

時間に気付いてドタバタと動き始める。時計の針は仕事を始める時間に向けて着々と回っている。

服を着替えて、歯を磨いて、朝食を食べたらまた歯を磨く。それから身だしなみを整えて、王宮にある薬室へと向かう。

いつもよりちょっぴり遅く出発した私は、駆け足で廊下を進む。呼吸を乱しながら、挨拶をするために薬室長のいる部屋の扉を開けた。

「おはようございます！」

「おはよう、アレイシアちゃん。どうしたの？　息なんかきらして」

「ちょっと寝坊しちゃったので走ってきました」

「珍しいわね。アレイシアちゃんが寝坊するなんて。まっ、私はしょっちゅう寝坊するから別に遅刻しても怒ったりしないわよ」

などと優しいことを言ってくれる室長さんだけど、その隣で山盛りの書類をどさっと机に置いたレン君が、無表情のままに言う。

「遅刻する癖を直してください」

「別にいいでしょ。私はここのトップよ？」

「だからじゃないですか。薬室長が遅刻なんてしていたら部下に示しがつきませんよ。それに、遅れるから仕事もたまるんです。反省してください」

「う……はい。すみませんでした」

自分より一回り以上歳の離れた少年に怒られる室長さんの身体は、どんどん小さくなっていくように見えた。

「あと、薬室にお酒を持ち込まないでください」

「い、いやね？　これはクスリの調合に使おうと思って」

「昨日まで飲んでいたお酒ですよね？　口から同じ匂いがします。臭いです」

「く、臭いとか言わないでよ！」

室長さんは相変わらずお酒が大好きで、ほとんど毎晩のようにお酒を飲んでいる。酷《ひど》い時は仕事中に飲んでいて、そのまま薬室で寝落ちすることもある。

そんな室長さんを叱咤《しった》するのがレン君の役目になっていた。最年少で宮廷薬師になった彼は、見た目は少年だけど中身はとてもしっかりしている。

室長さん一人じゃ間に合わないお仕事も、彼が一緒に手伝えば一瞬で片付けられる。そのくらい仕事もできて将来有望だ。

「大体今日遅刻したのは私じゃないでしょ！　小言は遅刻した人に言いなさい！」

「アレイシアさんも遅刻はしていませんよ」

「そ、そうだったわね……でも本当に珍しいわね。何かあったの？」

「あ、えっと……」

昔の夢を見ていたんです。今から千年以上昔の、私が聖女だった頃から最近までを思い返すように。

なんて説明することができなくて、僅かにためらいが出てしまう。私がかつて聖女だったことを知っている人間は限られていた。

余計な混乱を生まないようにするため、聖女のことは内緒にしてある。それに、話したところで普通は信じてもらえない。

自分が伝説になっている大聖女の生まれ変わりなんです、とか言っても頭のおかしな人だと思われるだけだろう。

だけど、私の言葉を真っすぐに信じてくれた人がひとりだけいる。

「ああ～　もしかして昨日はお楽しみだったのかしらぁ？」

「え？」

「酔っぱらいは黙っていてください」

「辛辣《しんらつ》ね！　なんだか近頃レンの私に対する扱いが雑になっている気がするのだけど……気のせいよね？」

ため息をこぼすレン君と、そんな彼の態度に不満げな室長さんを横目に、私は顔を赤くしていた。

室長さんの想像したようなことはなかった。だけど、彼のことをちょうど頭に思い浮かべたタイミングだったから少し恥ずかしい。

私は誤魔化すために話題を変える。

「室長さん、システィーは見ていませんか？」

「え？　あの子ならもう薬室に行ってるはずよ。アレイシアちゃんのこと待っているんじゃないかしら？」

「そうですか。じゃあ早く行ってあげないと。失礼します室長さん、レン君。今日も一日よろしくお願いします」

私は深く頭を下げる。

「ええ、よろしく頼むわ。仕事のできる部下がいると楽でいいわね」

「室長も仕事してください。そうじゃないとお酒を全部捨てますよ」

「そ、それだけは勘弁してください……」

「あはははっ……」

本当に相変わらずな二人と別れて、私は自分の薬室へと向かう。廊下を歩きながら、窓の外なんかに視線を向けて。

「さすがにいないよね」

あの時思い浮かべた彼の姿を探してしまう。偶然、バッタリ出会えたら嬉しいとか思いながら薬室にたどり着く。

トントンとノックをすると……。

「はーい！」

中から明るい女の子の声が聞こえてきた。

テクテクと歩く音が聞こえて、薬室の扉が開く。オレンジ色の髪をなびかせて、飼い主を見つけた子犬のように目を輝かせる。

「おはようございます！　先輩！」

「おはよう、システィー」

元気いっぱいの挨拶が薬室と廊下に響き渡る。彼女の声と笑顔を見ると、それだけで元気がもらえる。

「先輩今日は遅かったですね？」

「ごめんね。ちょっと寝坊しちゃったの」

「え、先輩が寝坊？　どこか身体の調子が悪いんですか？　無理しちゃ駄目ですからね！　必要なら私がお仕事終わらせますから！」

「大丈夫だよ。どこも悪くないから」

心配そうに私の身体をいろんな方向から見て確かめるシスティー。一回寝坊しただけでこんなに心配されるとは思わなかった。

「寝坊したのも、昔の夢を見てて起きてからぼーっとしてたからなの」

「そ、そうなんですか？　でも本当に大丈夫ですか？　先輩が寝坊するなんて初めてじゃないですか」

「そうだった？」

「そうですよ！　寝坊したりお仕事忘れたり予定をすっぽかしたり！　室長さんはよくするけど先輩は一度もありませんでしたよ！」

室長さんがよくしてちゃ駄目でしょ、と、心の中でツッコミを入れる。確かに思い返してみれば、遅刻したことは一度もなかった。

今日だって普段よりは遅いけど、仕事始めの時間には間に合っているし、厳密には遅刻はしていない。

朝も弱いほうじゃなかったし、あまり眠らなくても大丈夫な体質だったから、夜遅くまでお仕事して朝早く起きることもあったと思う。

「そんな先輩が寝坊するなんて……そんなに怖い夢だったんですか？」

「怖くは……ないかな。長い夢だっただけだよ」

「どんな夢なんですか？」

「えっと、昔のことかな？　ほら、いろいろとたくさんあったでしょ？」

システィーも私が聖女だったことを知らない。私は困った顔をしながら彼女にそう言った。すると彼女はうんうんと頷く。

「そうですね、そうですね。最近特にいろいろありましたもんね。あの人が聖女様になってからすっごく忙しくなりましたし。なんだか私、一生分の経験をしちゃった気がします」

「それはちょっと大袈裟じゃないかな？」

「そんなことありませんよ！　聖女の誕生に立ち会ったり、薬室の規模を縮小されそうになったり、そうならないように実績を残そうと頑張ったり！　他にもいろいろ起こりすぎなんです！」

そこは確かにシスティーの言う通りではあった。ここ数か月は怒濤のような勢いで日々が過ぎていった。中には命に関わるような危ない経験も含まれていて、楽しいことばかりじゃなかった。

ようやく落ち着きを取り戻したのがつい最近のことだ。

「ふふっ」

私は小さく笑う。こうして寝坊できることも、世界が平和だという証拠なのだろうと。そんなことを思ってしまったから。

「さぁ、お仕事を始めましょうか」

「はい！　もう準備はバッチリできてます！」

薬室は整理整頓が行き届き、床や窓まで綺麗に掃除されていた。今日やる予定の仕事の道具や書類がわかりやすく机に置かれ、研究途中の薬品にも番号が割り振られている。

この全てをシスティーが一人でやってくれた。

「いつもありがとう、システィー」

「いえいえ、助手として当然のことです！」

えっへんと効果音が聞こえるように、彼女は両手を腰にあてて胸を張る。

「先輩！　始める前に予定の確認をしましょう！」

「そうだね。お願いできる？」

「はい！　まず午前中は机にある資料に目を通してもらいます。その後で依頼されている薬品の調合ですね。午後からは薬草園のお手入れです。その後は――」

システィーは今日の予定を細かく教えてくれる。彼女も変わらず私の助手としてしっかり働いてくれていた。

見習いである彼女は、研修期間を経て正式な宮廷薬師になる。彼女が私の助手になって、そろそろ一年が経過しようとしていた。

研修期間に規定はないけど、大体一年から一年半で室長さんと担当の薬師の合格を貰うことが多い。

室長さんとも何度か話をして、そろそろ彼女も見習い期間を終えて正式な宮廷薬師になってもいい頃だと思っている。

知識や技術は一緒に仕事をして磨かれているし、経験だって着実に積み上げられている。何より仕事に対する誠実な態度と直向《ひたむ》きさもあって文句なしだ。

そんなことを考えながら彼女の顔をじっと見つめていると、彼女はキョトンとした表情で尋ねてくる。

「先輩？　私の顔に何かついてますか？」

「ううん。システィーもすっかり薬室の仕事に慣れたみたいだし、そろそろ独り立ちかなって思って見てたの」

「ほ、本当ですか？　私しっかりやれてますか？」

「うん。とっても」

「やったー！　先輩に褒めてもらえた！」

無邪気に喜ぶシスティーを見ながらホッコリする。

近いうちに正式に室長さんから話があるだろう。彼女が助手ではなくなるのは寂しいけど、独り立ちを応援したい気持ちもある。

我が子を見送る親の気持ち……に近いのだろうか。私のお父さんやお母さんも、宮廷薬師になると家を出た私を、優しく見送ってくれた。

だから私も、その時が来たら胸を張って送り出してあげようと決めている。もっとも、しばらくは同じ薬室で仕事をすることになるし、あまり変わらない気もするのだけど。

「今日も先輩に褒めてもらえるように頑張ります！」

「頑張りすぎて倒れないようにね？」

「はい！　頑張るぞ～」

「ふふっ」

彼女が無理をしないように見張っておこう。彼女は少し私に似ているところがある。だから余計に放っておけない。

元気なシスティーを横目に見ながら、私は机の上に積み上げられた書類に目を通していく。

室長さんほどじゃないけどすごい量だ。日に日に増えている気がする。中身の大半は報告書だ。

宮廷薬師のお仕事は、王国内で発生している病気や怪我を把握し、必要な薬品を作成、提供すること。

報告書に上がってきているのは、各地で今どんな病が流行っているのか。魔物との戦闘など、大きな被害が出る事象が発生していないか。

王宮で働く人たちの体調管理も仕事の一つだったりする。ここで働く人たちは多忙だ。無理をしないとこなせない仕事だって時にはある。

そんな時に支えられるように、私たち薬師や専属のお医者さんがいる。それから、最近になってもう一つ、大切な役割が増えた。

宮廷薬師のお仕事というより、私個人のお仕事だ。それはお昼前、書類の確認がひと段落した頃に舞い込んでくる。

トントントン、とドアをノックする音が響く。

「はい。どうぞ」

「——失礼するわ」

そう言って姿を見せたのは、白く清廉な服に身を包んだ一人の女性。まるで、かつての自分を連想させる雰囲気がある。それも当然だろう。彼女こそ、現代に生まれた新たな聖女なのだから。

「こんにちは、ミランダさん」

「ええ」

「今日の身体の調子はどうですか？」

「いつもと変わらないわ」

「それはよかったです」

淡々とした会話が進む。聖女となった彼女は、その役割を果たすために大聖堂で祈りを捧げている。

王国の人々も聖女の誕生に歓喜し、彼女を頼っていた。だけど、私だけは知っている。聖女の力には大きなリスクがあることを。

以前は信じてもらえなかった彼女にも、一度だけ聖女の力を見せたことで信じてもらえるようになった……と思っている。

口ではまだ、私の言葉の全てを信じたわけじゃないと言う。それでもこうして、毎日私のところへ来てくれる。

私に与えられた新しいお仕事というのは、聖女になった彼女の体調管理だった。管理と言っても細かく制限したりはしない。

一日に一度以上は様子を見て、身体に問題がないか見聞きする程度。聖女である彼女は風邪といった病気にはかからない。身体に宿る聖女の力が、病や悪いものを浄化するからだ。これは聖女の常識として広まっている。だから誰も、彼女の身体の調子を心配することはない。

おそらく本当の意味で、事情を理解した上で心配しているのは私だけだろう。そんな私だからこそ、彼女は選んでくれた。

自分の身体を任せる相手として。それはとても誇らしいことだった。

「今日も大聖堂でお祈りですか？」

「そうよ。私の力を求めている人が大勢いるわ」

「……あまり無理はしないでくださいね」

「わかってるわよ。だから病気とか怪我をした人は、貴女たちに任せるようにしているでしょ？」

ぷいっと不機嫌そうな顔でそっぽを向きながら、彼女は私にそう言った。

私の忠告を聞いてくれた彼女は、無理に聖女の力を振るわないようにしてくれている。とは言っても、事情を知る人は少ない。

聖女の力を求める人を無下にもできないから、よほど切羽詰まった状況の場合は力を振るう。

それ以外、医学やその他の技術でなんとかできる問題は、私たち王宮で働く人たちに依頼として回ってくるようになった。

命は一つしかないのだから、大切にしてほしい。そう言った私の言葉を、彼女はちゃんと受け止めてくれている。

素直じゃないのは相変わらずだけど、私たちの関係はいい方向に進んでいた。

「それじゃ私はもう行くわ」

「はい。今日も来てくれてありがとうございます。諄《くど》いようですけど、無理はしないようにしてくださいね。命は一つなんですから」

「……貴女こそ」

「え？」

ミランダさんは書類の山に視線を向ける。

「無理して倒れても……祈ってあげないわよ」

「……ふふっ、そうですね。気をつけます」

とても不器用な、けれど温かな彼女の優しさを感じて、思わず表情が綻《ほころ》んでしまう。そうして彼女は薬室を出ていった。

「ミランダさん、なんだか優しくなりましたね」

「そうかな？」

「そうですよ！　まるで別人みたいです！　前までは会うたびにガミガミ悪態をついていたのに」

「ふふっ、そんなこともあったね。けど、あの人は最初から優しい人だよ」

システィーはキョトンと首を傾げる。あまり納得していないみたいだけど、私は確信を持って言える。

なぜなら彼女は聖女に選ばれているから。真に悪人であれば聖女に選ばれることはない。透き通るほどに純粋で、ある意味単純と言ってしまえるほど真っすぐで。そういう人でない限り神様の声を聞くことなんてできない。誰だって最初から完璧なわけじゃないんだ。

間違いはするし、道を踏み外すことだってある。聖女であると同時に、一人の人間、一人の女性なのだから。

ここまで言えるのは、私自身がそういう経験を積んでいるおかげだろう。システィーには上手く伝わりそうにない。

彼女だけじゃない。いつか、世界中の人々に知ってほしい。聖女だって同じ人間で、私たちと共に生きる仲間であることを。私たちのずっと前を歩いているように見えるだけで、本当は隣を一緒に歩けるのだと。

それにはまだまだ、時間がかかりそうだ。


こうして一日は過ぎていく。午後からの予定も何事もなくこなし、気がつけば西の空に夕日が沈み始めていた。

朝日とは違うオレンジ色の光に包まれる薬室で、私は一人残っている。

今日のお仕事は全部終わった。今は明日やる仕事の整理をしている。システィーが自分も手伝いたいと言ってくれたけど、今日は少し遅れてしまった分もあるからと、先に帰ってもらった。

システィーの存在は私にとってすごく大きい。彼女が手伝ってくれているおかげで、日々の仕事も効率よく終えられる。

それもあと少しすれば終わるだろう。彼女が頼れる助手である期間も長くはない。いつまでも彼女の優しさに甘えてはいけないと思っていた。ただ、残った理由はそれだけじゃない。

この時間、みんなが仕事を終えて静かになった頃に、一部屋だけ明かりがついている。それはとても目立って、見つけやすい。

こうしていれば彼が見つけてくれると、ちょっとした下心が胸の奥にあった。

それから――

私の淡い期待に応えるように、窓が開く。夕方の、少し冷たい風が吹き抜けて、髪がなびく。

「っ――あっ」

「また一人残って仕事してるのか？」

彼は窓の枠に腰を下ろして、夕日を背に私に微笑みかける。銀色の髪に白いマントをひらつかせて。

彼はユーステッド王国の第二王子。そして今は……。

「こんばんは。ラルク」

「おう。こんばんは、アレイシア」

私の婚約者でもある。

彼は窓から腰を下ろし、よっと跳ぶように部屋の中へ入ってきた。

「いつも窓から来るよね。ビックリするよ」

「こっちからのほうが近道なんだ。いつもって言うならそろそろ慣れてくれると嬉しいな」

「そんな簡単に慣れないよ」

「そうか？　それにしては、あんまり驚かなくなった気がするけど？」

「そうかな？」

「ああ。俺が来るのを待ってくれてるみたいだった」

そう言って彼は得意げに笑う。

図星をつかれた私は、思わず頬を熱くする。きっと夕日のおかげで赤らんだ頬には気付かれていない。

彼の言う通り、私は彼が訪ねてきてくれることを心待ちにしていた。仕事の続きをしながら、窓のほうを意識していた。

ずっと気にしていたのだから、突然窓が開いても驚いたりしない。むしろ、来てくれたんだと期待に胸が躍るようだった。

「その反応……もしかして本当に待っていてくれたのか？」

「……だったらダメかな？」

「そんなわけないだろ？　すごく嬉しいよ。俺も会いたかったからな」

「……そう」

ラルクは自分の気持ちをそのまま伝えてくれる。時々、そんな彼の真っすぐさがずるいと感じることがあった。

彼は仕事をしている私の隣まで歩み寄ってくる。

「明日の準備か？」

「うん。今日はちょっと寝坊しちゃって」

「へぇ、アレイシアが寝坊なんて珍しいな」

「みんなに言われたよ。少し長い夢を見たんだ。私が聖女だった頃から、最近までの夢を」

彼には夢の話を隠すことなく話すことができる。彼だけには最初から、私が聖女だったという話を信じてもらえた。

証拠なんて一つもない絵空事のようなお話を、ラルクは疑うことなく聞いてくれた。それにどれだけ私が救われたか、きっと彼にもわからないだろう。

「寝坊しても遅刻はしてないんだから、無理して残らなくてもいいのに。お前は真面目すぎるんだよ」

「ラルクだって、よく一人で夜遅くまでお仕事してるでしょ？」

「それはそれ。王子はこれでも忙しい身なんだよ」

「そうなの？　毎日ここへ来てくれるのに？」

なんてちょっぴり意地悪なセリフを口にする。ラルクは一瞬だけムッとしたような顔をしてから、ニヤリと笑って答える。

「そんなの決まってるだろ？　忙しくても、お前の顔が見たいからだ」

「──そう、なんだ」

「ああ」

「そっか。そうなんだ」

彼ならそう言ってくれるとわかっていた。今の言葉が聞きたくて口から出たセリフだけど、実際に聞くと恥ずかしくなってしまう。

「言わせておいてお前が照れるなよ」

「あははは……」

「アレイシアも会いたいと思ってくれてたんだろ？」

「……うん」

彼は優しくて、いつも私の心に寄り添ってくれる。私が考えていること、望んでいることを口にしなくても気付いてくれる。

そんな彼だからこそ、私は──

「好きになったのかな」

「ん？　なんだって？」

「なんでもないよ。もう少しで終わるから待っててね」

「いいよ。俺も手伝う」

一人で大丈夫だよと、私が答えるよりも早く彼の手は動いていた。手伝うことが当たり前みたいに自然と。

一国の王子が、王宮で働く私と一緒に部屋の整理をしている。端から見たら怒られてしまいそうな光景だ。

王子様に何をさせているんだと、私が怒られてしまう。だけど、今の私たちの関係なら、多少の言い訳もできる気がする。

彼を好きだと気付いて、思いを伝え、伝え合い……私たちは婚約者になった。

万能薬を含むこれまでの功績を称えられ、私に爵位が与えられることになったおかげで、遠慮する必要がなくなったんだ。

私たちがそういう間柄だと、今では王宮のみんなが知っている。まだ外にあまり知られていないけど、それも時間の問題だろう。

いつか大勢の人たち、この国に暮らす人々の前に立ち、挨拶をする機会もあるだろう。聖女としてではなく、薬師としてでもなく、彼と共に歩く伴侶《はんりょ》として。

まだずっと先のことだけど、今から待ち遠しい。

「本当……ビックリしちゃうよ」

千年前の自分とは大違いだ。あの頃の記憶もある。思いもハッキリと残っている。

かつての私が、今の私を見たらどう思うだろう。きっと別人じゃないかと疑うに違いない。

私が誰かに恋をするなんて、千年前なら考えられなかった。

そんな余裕もなかったんだ。それが今、今世で恋をしている。大好きな人と一緒に、大切な人たちに囲まれている。

これを幸せと呼ばずに、なんと呼べばいいのだろうか。

生まれ変わって、薬師になって。あれから変わったこと、変わらなかったこともたくさんある。

その全てが、今の私を作っている。この幸せを生み出すきっかけになってくれた。

苦しくて大変なこともたくさんあったけれど、今は全てに感謝している。

「片付いたらもう少し話すか？」

「うん」

こんなにも幸せな時間が、日々が、これから先も続いてくれるから。私は明日も、頑張って生きていこうと思えるんだ。

第一章

隣国へ

普段より華やかに、ちょっとした飾りつけをした室長室。室長さんはもちろん、私とレン君、そしてシスティーが揃っている。

みんなの片手には飲み物の入ったグラスが握られていた。

準備が整ったことを確認して、レン君が口を開く。

「室長、お願いします」

「あーおほん！　それじゃ、お祝いを始めましょうか」

そう、今日はささやかなお祝いの席。主役は私たちじゃなくて、私の助手をしてくれていた宮廷薬師《くすし》見習いのシスティー。

室長さんがグラスを上げる。

「システィーの見習い課程修了を祝って！　乾杯！」

「「かんぱーい！」」

四つのグラスが触れ合って、カランと甲高い音が響く。

本日をもって、システィーの見習い課程は修了となった。以前から話していた彼女の正式な宮廷薬師就任の日。それが今日になったのだ。

室長さんはごくごくと最初の一杯を一瞬で飲み干す。

「ぷはっああ！　よく頑張ったねシスティー！　君は偉いぞ！」

「ありがとうございます！」

「室長、それお酒ですよね？　昼間だからお茶に変えておいたはずなのに……いつの間に入れ替えたんですか？」

「ふふっ、甘いわよレン！　私はいつも、お酒と共にあるの」

自信満々のドヤ顔で答えた室長さんを見て、レン君は廃棄物でも見るような冷たい目をしていた。

普段なら背筋がぞっとするような視線だけど、今の室長さんは気にしない。すでにお酒が入ってしまっているからテンションが高い。

「いいじゃない今日くらい！　とってもめでたい日なんだから。お酒の一杯も飲みたくなるわ」

「毎日飲んでるじゃないですか」

ついでに一杯じゃ収まらないですよね、と付け加えた。その言葉通り、すでに室長さんのグラスには二杯目が注がれている。

「みんなと！　こうやってみんなと飲むのは格別なのよ。レンも大人になってお酒が飲めるようになったらわかるわ」

「そうですか？」

「そうそう！　はぁー早く見てみたいわね。酔ったレンはどうなるのかしら？　ひょっとして甘えん坊になったりぃ～」

「なりませんよ。少なくとも室長には甘えません。お酒臭いので」

レン君の毒舌にもめげることなく、テンションの高い室長さんは楽しそうに話をしていた。

わりといつも通りな光景だ。お酒を飲めることが楽しいようで、こうなってしまうとしばらく賑やかな時間が続く。

楽しいことはいいことだと思いつつ、主役を放ってお酒を飲み続けているのはよくないとも思った。

私とシスティーで二人を見ながら苦笑い。

視線が合い、向き合う。

「システィー、改めておめでとう」

「ありがとうございます」

私とシスティーの二人だけで、グラス同士を触れ合わせる。小さな振動がグラスを持つ手に伝わって、身体の奥にある心まで響く。

「本当によく頑張ったね」

「はい。先輩の熱心なご指導のおかげです！　最初は、王宮で働くなんて自分にできるか不安でした。けど、先輩や皆さんと一緒に働けて、少しずつ自信が持てるようになったんです」

「うん。私も最初はそうだったよ」

「先輩もですか？　でも先輩は、見習いだった頃からすごく優秀で、あっという間に仕事も覚えちゃったって。前に室長さんが話してましたよ？」

知らない間に私の見習い期間の話をされていたみたいだ。恥ずかしいから自分では話さなかったのに。

酔っ払った室長さんは口が簡単に開いちゃうから……他に変なことを言っていないか確かめたいけど、怖いからまた今度にしよう。

「誰だって、最初は緊張するし不安だよ。どれだけ勉強しても足りない気がする。

慣れてきた仕事にも、これで大丈夫なのかと思う時がある」

「はい……ずっとそんな感じでした。私は失敗も多かったので、先輩にはたくさん迷惑をかけてしまって……」

「それでいいんだよ。失敗しない人なんていない。どれだけ優秀な人でも間違うことはある。あの大聖女様だって、きっと失敗したことはあるはずだよ」

「大聖女様がですか？」

驚く彼女にこくりと頷く。

本人の私が言っているのだから間違っていない。千年以上経過した今、英雄のように称えられている大聖女も失敗はした。

むしろ失敗のほうが多かったと、今になっては思うことがある。たくさん失敗して、悩んで、私は現代で薬師になったのだから。

「誰だって失敗はする。大事なのは、次に失敗しないようにすること。何がダメで、どうして失敗してしまったのか考えて、次はそうならないように努力すること。システィーはちゃんとできてたよ」

「先輩……」

「システィーは私のおかげで、なんて言ってくれるけど、私のほうこそシスティーには助けられてきた。私の助手として、しっかり支えてくれたおかげでとっても仕事がやりやすかった。だから胸を張って――システィー？」

「せんぱぁい……」

褒めていたつもりだったのだけど、気付けば彼女の瞳は大洪水したように涙で溢れ返っていた。

私は慌てて理由を尋ねる。

「ど、どうしたの？　私変なこと言っちゃった？」

「嬉しいんですぅ……先輩に褒めてもらえて……ぅ、でも、もう一人で頑張らないとって思ったら寂しくて……うぅ、先輩とお仕事できて楽しかったから」

「システィー……」

「嬉しいけど悲しいです！　せんぱぁあい！」

複雑な感情を抱き、涙を流しながら彼女は私の胸に飛び込んできた。親に泣きつく子供のように、無邪気に顔をすり当てながら。

「よしよし」

私は涙を流す彼女をそっと抱きしめ、優しく頭を撫でてあげた。

「私も寂しいよ。でもね？　システィーはもう立派な薬師なんだから」

「でも、でもぉ……」

「そんなに悲しまないで。もう私の助手じゃなくなるけど、ずっと一緒にお仕事はできなくなるけど、離れ離れになるわけじゃないんだから」

正式な宮廷薬師になると、自分専用の薬室が与えられる。基本的には自分の薬室で仕事をこなし、研究に勤《いそ》しむ。

薬室とは自分の聖域のような場所だから、薬師の多くは自分の薬室に他人を入れることに抵抗があるらしい。

もっとも、私にはそういう抵抗は一切ない。聖女として多くの人たちと触れ合い、関わってきた経験があるから。

「困ったらいつでも訪ねてきて」

「いいんですか?」

「もちろん。システィーならいつでも大歓迎だよ」

「先輩……ありがとうございます!」

「っと、もう……よしよし」

嬉しさを全身で表すように、改めて抱き着いてきたシスティーをふらつきながら受け止めて頭を撫でる。

それに、一年近く一緒に仕事をした間柄なんだ。今さら遠慮する必要なんてない。これからは指導者としてではなくて、先輩の薬師として彼女が困っていたら支えてあげたいと思う。

でも……。

「やっぱり寂しいね」

ずっと一緒にお仕事をしてきた。あの薬室に二人で……一年という長いようで短い間だったけど、とても賑やかで充実した時間だったから。

改めて、それが終わってしまうことの寂しさは感じてしまう。

もう少しでいいから、これまで通り一緒の空間で仕事ができたら……なんて我儘を思ってしまうほどに、私は寂しかった。

「あ、それならちょうどいいわね」

唐突に私たちの会話に室長さんが交ざる。レン君はというと、酔っ払いの相手をして疲れたのか、ソファーに腰を下ろしている。

「室長さん？」

「ちょうどいいっていうのは？」

「いや～　実を言うとね？　まだシスティーの薬室が用意できてないのよ」

私とシスティーは声を揃えて驚く。すると室長さんは右手で頭を触《さわ》りながら、申し訳なさそうな顔で笑う。

「えっと、本当なんですか？　確かこの間確認した時には、部屋は空いてるから大丈夫だって」

「あーええ、そう言ったわね」

「もしかして……ちゃんと確認してなかったんですか？」

「いや、確認はしたんだけどぉ……」

と言いながら視線を逸らす。わかりやすく誤魔化そうとしている室長さんの隣に、いつの間にかソファーから立ち上がったレン君が立っていた。

「空いてる部屋があるかどうかしか確認してなかったんですよ」

「ちょっ、レン！」

「どういうことですか？」

「い、いやその……空いてる部屋はあったのよ？　だけどその部屋がここと反対側の建物だったのよね」

室長さんの話をまとめると……。

使える部屋は空いていた。ただし私たち宮廷薬師が使っているエリアではなく、別の職種の方たちが使っているエリアだった、ということらしい。

ここ王宮では様々な人たちが働いている。宮廷薬師を始めとする専門的な知識や経験が必要な職業が多い。

仕事の効率化と区別をするために、ここでは職業ごとに使用可能な建物の範囲が決められている。

私たち宮廷薬師が使用していいのは、王宮南側のエリアとなっていた。他のエリアへの出入りは自由だけど、仕事場として使うことは認められていない。

一応、そのエリアを担当している職業のトップが認めれば使用できることにはなっているけど……。

「さすがに新人一人を離れて働かせるのは鬼畜だなーと」

「あ、当たり前じゃないですか」

「絶対に嫌ですよ！」

「わ、わかってるわよ。だから交渉してきたわ」

空いている部屋は北側のエリア。そこは長らく空室となっており、今後も使う予定はないらしい。

そうであれば、部屋を全体的に一つずつ移動させ、私たち薬師のエリアを一部屋分広げることはできないかと。

室長さんは各エリアの担当者や国王陛下にも相談してくれていたらしい。

「それで許しを得たわ。これまでの功績もあるし、優秀な人材に場所を提供するのは当然だっていうことでね」

「じゃ、じゃあ！」

「ただ！　それをやるには大規模なお引っ越しが必要になってくるのよ。なにせ反対側の部屋だからね。一部屋ずつ引っ越していくとなると随分時間がかかるわ」

「そうですよね。どのくらいかかるんですか？」

「大体一か月から三か月くらいって言われたわ」

王宮で働く人たちはみんな毎日忙しく働いている。引っ越しをするにも時間が足らない。急ぎなら別として、今回のような場合は仕事を優先される。

スムーズに進んで一か月。長い場合は三か月以上……もっとかかる可能性もあると説明されたという。

つまり……。

「その間は、これまで通りアレイシアちゃんの研究室で働いてもらいたいんだけど

「……いいかしら？」

「はい！」

システィーは即答した。

さっきまで寂しさに泣いていた彼女はどこへやら。満面の笑みで元気を取り戻し、食い気味に室長に言う。

「まだ先輩と一緒にお仕事できるんですね！」

「そうしてもらいたいわ。アレイシアちゃんがよければ……」

そう言って室長さんは私のほうへ視線を向ける。すぐさまシスティーも私のほうへ振り向き、期待をいっぱいに込めた表情を見せる。

「先輩！」

彼女は私の手をがっしと握りしめ、もう放さないと言わんばかりの力を込める。

私はちょっぴり圧倒されながら、頭の中で情報を整理して落ち着き、小さく呼吸を整える。

そして、優しく諭《さと》すような笑顔で答える。

「もちろんだよ。私も一緒に働けて嬉しい」

「先輩！」

「わっ、ちょっと危ないよ？」

「うわああああああああああああん」

元気になったと思ったら大号泣してしまった。

私の胸に飛び込んで、涙で胸元を濡らす。今回は嬉しい涙みたいだから、慰めてあげなくてもいいかな。

めいっぱいに、泣いて喜んでくれると私も嬉しい。

◇◇◇

システィーが見習いを卒業した日の夕刻。

一人で薬室から帰っているところで、偶然ラルクとバッタリ会えたから、少しだけ二人でお話をすることにした。

庭の木陰に腰を下ろし、誰からも見えない位置で肩を並べて語り合う。

「——っていうことがあったんだ」

「ああ。だから慌ただしかったのか」

「ラルクは知ってたの？」

「当然だろ？　俺はこれでも王子だからな。そういう相談事も一度はこっちの耳に入るんだ」

システィーの話はラルクの耳にも入っていたらしく、聞くところによると彼が部屋の大規模な移動を提案してくれたらしい。

「せっかく見習いじゃなくなったのに、自分の部屋がないなんて悲しいだろうって思ってたんだが……必要なかったか？」

「ふふっ、そんなことないよ」

「そうか？　聞く限りアレイシアと一緒のほうが嬉しそうじゃないか」

「みたいだね。けど、すぐ慣れるよ」

一人は寂しい。誰もがそう思う。きっとそれが当たり前で、いつしか慣れていくものなんだ。みんな……寂しさを内に秘めて過ごしている。

一緒のほうが楽しい。だけど、一人でも頑張って生きていける。そういう風に成長していく。

「それが独り立ちなんだと思う」

「なんだか母親みたいなセリフを言うな」

「そう？」

「ああ。我が子の旅立ちを見送る母親を連想させたぞ」

やっぱりこれはそういう気持ちなのだろうか。自分で思うだけじゃなくて、ラルクにも言われたらそうなのかと思えてくる。

「母親の気持ち……」

「アレイシア？」

「私もいつか、誰かのお母さんになったり……するのかな」

前世でもそういう縁はなかった。聖女として生きて、二十歳という若さで命を落とした私には、誰かと結ばれ子供を持つということが……どこか夢物語のように感じてしまう。

人は人から生まれて、人に育てられて大人になっていく。そんな当たり前のことなのに、私は実感できていない。

ただ思ったことを口にしただけで、深い意味はなかった。ただ、口にした後のラルクが、すごく驚いたような……恥ずかしそうな顔をしていて気付く。

私が口にしたセリフの意味……遠回しに、何を望んでいるのか伝えたような。

「ち、違うよ？　そういう意味じゃなくて！　前世で縁がなかったから気になったというか、ただそれだけで」

「ぷっ……」

「ラルク？」

「はははははっ！」

突然ラルクは大きな声で笑いだした。

みんなが仕事を終え、静かになった王宮に彼の楽しそうな声が響き渡る。私はその笑いの意味がわからなくて困惑する。

「ラ、ラルク？」

「あー悪い。慌ててるお前が面白くてさ。つい笑っちゃったよ」

「お、面白いって……」

「だって悪戯がバレて誤魔化す子供みたいだったから。アレイシアのそんな顔、初めて見たよ」

言われてようやく気付く。確かにさっきの私の動揺は、親に悪いことをしたことがバレて誤魔化しているみたいだった。

途端、余計に恥ずかしくなって、顔が真っ赤になったと自分でわかるほど熱くなる。恥ずかしさを隠すように、私はラルクから目を逸らす。

「わ、私はこれでも真剣に考えてたんだけどなぁ」

「悪かったって。別に馬鹿にしたわけじゃないんだ。ただ、アレイシアもそういうこと考えるんだなって知って、嬉しいんだよ」

「そ、そういうことって？」

「もちろん、将来のこと……かな？」

彼の左手が、私の右手に触れる。

私の手のひらにそっと彼の硬く大きな手が覆いかぶさって、優しくぎゅっと握ってくれる。

目と目が合う。お互いの肩が重なって、顔と顔が近づく。これからどうなるのか察して、それを受け入れた私は目を瞑《つむ》る。

そして、唇同士が軽く触れ合うキスをした。

「ラルク」

「今の俺たちは婚約者だから……ここまで。けど、いつか夫婦になった時には……」

「……うん」

私に触れた彼の手を、そっと握り返す。

彼が私を放さないように、私も彼を繋ぎとめようとする。私たちは想いを伝え、

触れ合い、通じ合って婚約者になった。

触れた時間は僅か一秒にも満たない。それでもハッキリと、彼の温かさと感触が唇に残っている。

この感覚が幸せで、思わず全身の力が抜けていく。

ふと、思ってしまった。

もしも今から、何かがあって、やむを得ない理由があって、彼と離れ離れになってしまったら……と。

あり得ない話じゃない。彼はこの国の王子で、私は王宮で働く薬師だ。常に一緒にいられるわけじゃない。

今、こうしている時間だって偶然で、奇跡みたいなもので。永遠に続いてほしいと思っても、時間がくれば終わってしまう。

システィーの涙を見た後だからかな？

私がそういう状況になった時、受け入れられるのか不安になった。彼女と同じ……それ以上に悲しくて、寂しくて……。

耐えられないような気がしたから。

「大丈夫だ」

「え？」

私の不安を、戸惑いを、表情から感じ取ってくれたのだろうか。

ラルクは握る手の力を強くして、私の瞳を真っすぐに見つめながら言う。

「俺はいつも一緒にいる。どんな時も、いかなる時も、お前の隣にいる。お前の……心の傍《そば》にいるから」

「ラルク……」

「一人にはしないよ。離れていても、心は同じ場所にあるからな」

それは言葉でしかない。身体の距離は離れて、声も届かず、お互いを見ることもできない。それでも心だけは共にあるという……。

それは思い込みに近いだろうか。たとえ周りに誰もいなくても、自分は一人ぼっちじゃないと思い込む。

やせ我慢みたいだけど、とても大事なことなんだ。彼の言葉が勇気をくれる。一人じゃないと、安心できる。

一人は寂しい。それでも一人になることは必ずある。一生のうちを、誰とも離れず過ごすなんてことはできない。

だからこそ、私たちは繋がりを求めるんだ。一人の孤独を紛らわすように、誰かの声を、言葉を頭に思い浮かべながら耐えるんだ。

次にまた、大切な人に会えた時に、満面の笑みを浮かべられるように。

「ありがとう。ラルク」

「俺は何もしてないよ。ただ……知っていてほしかっただけだ」

「うん……だから、ありがとう」

目に見えるものだけが、耳に聞こえることだけが繋がりじゃない。目の前にいなくとも、声が届かなくとも、思い惹かれ合う心は離れない。

聖女だった頃の私も、似ている言葉を人々に語って聞かせたことがあった。私は結局、自分の発した言葉の価値を、自分で理解できていなかったみたいだ。ようやくわかった。

繋がりとは、言葉にも、形にもできなくても……確かにあるものなのだと。

「でもねラルク？　さっきの言葉は、ちょっと格好つけすぎじゃないかな？」

「いいんだよ。アレイシアの前だけは、俺は格好いい男で居続けるって決めてるんだから」

「ふふっ、そんなに頑張らなくてもいいのに」

「頑張るさ。そうじゃなきゃ、お前に相応しい男にはならないからな」

そう言って彼は笑う。

相応しいかどうかなんて、私が決めることだから。私はずっと思っている。彼は世界で一番格好よくて、大切な人だと。

きっと、私がそれを教えたとしても、彼は頑張ることをやめないのだろう。

彼は変わらない。私の思いに応えるように、私の手を握って放さないまま未来へと進んでいく。

眩しい未来に照らされた彼の背中は、とても広く大きくて……。

「格好いいよ」

そんな貴方が大好きだから。

私も、彼に相応しい女性になれるように努力しよう。寂しさや不安を抱え、乗り越えながら成長していこう。

もしも離れ離れになる時があったなら、試練だと思って立ち向かえばいい。距離が離れたくらいで、私たちの繋がりは消えない。

そう信じて……。

そして、もしもの瞬間は思った以上に早く訪れる。

◇◇◇

「共同研究、ですか？」

「ええ、そうよ」

ある日の朝。いつものように室長さんに挨拶へ向かうと、一枚の紙を手渡された。

そこに記されていたのは、王国からの依頼だった。内容は、隣国との万能薬に関する共同研究への参加。

参加するのは私一人で、場所は……。

「隣国の薬室なんですね」

「そうなっているわね。共同研究とは書いてあるけど、実際のところはアレイシアちゃんが作った万能薬について教えてほしいみたいよ」

「だから参加者の指定まで……」

「そういうこと。話を持ちかけてきたのは向こうの国よ。だから相応の待遇はしてもらえると思うわ」

私たちが暮らすユーステッド王国は、三つの国に囲まれている。そのうちの一つ、北の大地を統治する国、名をスノーライン。

ユーステッド王国とは友好的な関係を築いているらしく、貿易も盛んに行われている。有事の際は互いに協力し合える体制も整えているそうだ。

また、ひと月に一度の頻度で意見交換を行っている。内容はその時によるみたいだけど、国の現状についての話が主だとか。

どうやらその場で、私や万能薬の話が上がったそうだ。

「それが向こうの薬室に伝わって、ぜひ共同研究の場を設けたい……と、そうおっしゃっているんですね」

「そうそう。必要な資金は全部向こうが出してくれるそうよ」

「すごいですね」

「そこまでする価値があるってことね。アレイシアちゃんが作った薬には」

室長さんはニヤリと笑う。

あらゆる病、怪我に効果を発揮する薬……万能薬。私を含む多くの薬師にとって夢であり、人々の健康を支える太く確かな柱。

私は魔法によって生成されたポーションを解析し、薬学の知識と経験で再現することで不完全ながら万能薬に近い薬を完成させることができた。

この発明は、医療に関わる多くの人たちから賞賛の声が上がっていると、以前にラルクから伝えられた。

「一応参加は強制じゃないみたいだけど、隣国との関係性もあるし、できれば参加してほしいそうよ」

「……そうなんですね」

「私としても、せっかくの機会だし参加したほうがいいと思うわ。前に言っていたでしょう？」

「はい。あれはまだ不完全です」

確かに万能薬に近い効果は持っている。様々な病、怪我に対応できる。それでもポーションの性能と比べれば、私が作った薬は数段落ちる。本当の意味で、どんな病も完治させる薬には遠く及ばない。

不完全、完璧ではない。

「だったら完成させるためにも、ね？　ここじゃない環境で、新しい意見も取り入れたほうがいいと思うわ」

「そう……ですね。室長さんのおっしゃる通りだと思います」

「それじゃ、いいわね？」

「はい。このお話、受けたいと思います」

◇◇◇

「えぇ！　先輩いなくなっちゃうんですかぁ！」

「ひと月だけだよ？　ちょっとした出張みたいなものだから」

「十分長いですよ！」

「そ、そうかな？」

自分の薬室に足を運び、隣国との共同研究に参加することをシスティーに伝えたらこの反応である。

なんとなく予想はしていたけど、予想以上に驚かれてしまった。そして悲しまれているのがわかる。

「せっかくまだ先輩とお仕事できると思ったのにぃ！　その出張って私も一緒に行けないんですか！」

「えっと、参加できるのは私一人だけ……みたいなんだ」

「そ、そんなぁ……じゃあ本当にひと月……」

「室長さんはお互いにいい機会だって言っていたよ。私は万能薬研究を進めたい。システィーも、一人での仕事に慣れないといとね」

見習いではなくなった彼女は、今も私と同じ薬室で仕事をしている。もう助手というわけではないのに、翌日の準備やスケジュールの管理など、助手としての仕事も変わらずしてくれていた。

する必要はないと伝えてはいるんだけど、これも私の仕事だからと頑固だ。

私もシスティーと離れるのは寂しい。だけど、いつまでも助手のように働かせてはいられない。彼女が先輩離れできるように、ここは私が心を鬼にして。

「私が戻るまで、この薬室はシスティーの部屋だよ」

「うぅ……任せてください！　先輩が戻るまでの間、私が立派にここの守り人を務めますから！」

「そ、そうじゃなくてね？」

どうやらまだ先輩離れは先になりそうだ……。

◇◇◇

その日の夕刻、私は一人で待っていた。

仕事は終わり、明日の準備もすでに完了している。いつでも帰宅できる状態だけど、私はまだ帰らない。

こうして待っていると、訪ねて来てくれる人がいる。

彼に会いたくて、沈む夕日の明かりを見つめる。今日は入りやすいように窓も開けてある。

「まだかなぁ……ラルク」

「呼んだか？」

「――え、ええ⁉」

彼はいつの間にか私の後ろに立っていた。驚いた私は慌てて振り返る。

窓はずっと見ていたし、彼の姿を見逃すはずもない。もしかして幻覚でも見ているのかと、思わず彼の身体に触れてみる。

「さ、触《さわ》れる……」

「当たり前だろ。俺をなんだと思ってるんだ？」

「だ、だって、どこから入ってきたの？」

「普通に扉から」

そう言って彼は僅かに開いた扉を指さす。

「ノックもしたし声もかけたんだぞ？」

「そうなの？　全然気付かなかったよ」

「みたいだな。てっきり仕事に集中してるのかと思ったら……窓のほうを見て黄昏《たそがれ》ながら俺の名前を呼んでたから返事をしてみた」

「うっ……」

わかりやすい説明を聞かされて、思わず恥ずかしさが込み上げる。私の心を見透かすように、彼はニコッと微笑む。

「そんなに俺に会いたかったか？」

「わ、悪いかな？」

「いいや、すごく嬉しいよ」

「だったらあんまり意地悪なこと言わないでほしいなぁ」

「意地悪したつもりはないんだけど」

話しながら彼は私の隣まで歩み寄る。

「聞いたよ。隣国との共同研究の話、引き受けたんだって？」

「うん」

「場所は向こうの薬室なんだって?」

「……うん」

「ひと月か」

「……そうみたい」

ラルクのことだから、私から聞かなくても知っている話だろう。それをわざわざ私の口から聞こうとする意味は……。

「よかったのか?」

心配と寂しさ、二人の感情からくる行動だったのだろう。

彼は私のことをじっと見つめる。私はゆっくり目を瞑り、一呼吸置いてから答える。

「……うん。私が行くって決めたんだ」

「そうか。なら、心配はいらないな」

私の答えを聞いた彼は優しく微笑む。沈んでいく夕日の色にも負けないくらい、明るくて優しい笑顔だった。

不安がないと言えば嘘になる。初めての場所、知らない人たちの輪の中に、たった一人で入らなければならない。

初めて王宮に来た時に似ているだろうか。あの時も、見知らぬ場所で、初めましての人たちを前に緊張した。

聖女だった頃から人との関わりは多い。慣れているつもりで、実はそうでもなかったことを実感した。

ただ数回話す程度なら簡単だ。それ以上に、深く関わった経験がない私は、一緒にお仕事をすることに一抹の不安を感じていた。それを乗り越えてきたのだから、今回もきっと大丈夫。

それに、もう一つ大きな支えがある。

「離れていても、心の傍にいる……ラルクがそう言ってくれたから。お隣の国でも頑張れそうだよ」

「システィー……」

私は自分の胸に手を当てる。心がここにあると思いながら、その隣にラルクの存在を感じて。

彼の言葉が、思いが、私の中にある限り大丈夫だ。寂しさは感じても、孤独を感じることはない。

「ひと月なんてあっという間だしね」

「それもそうだな。頑張ってきてくれ。俺はここで、お前の帰りを待ってるから」

「うん」

「出発は明後日だったよな？」

私はこくりと頷く。

明後日までに遠出するための準備をしておかないと。薬室もある程度は掃除して、システィーが仕事をしやすいようにしておこう。

出発まで、普段より少し忙しくなりそうだなと思っていたら。

「それじゃ」

「え、ラルク？」

急に手を引かれ、彼の唇に私の唇が触れる。突然のことで驚く私に、ラルクは悪戯な笑顔で言う。

「それまで、少しでもたくさん一緒にいよう」

「は……はい」

どうやらちょっとでは済まないくらい、この二日間は忙しくなりそうだ。嬉しい高鳴りが胸を打つ。

◇◇◇

時計の針が一定間隔で回る。

いつもなら薬室に足を運んでいる時間だけど、私はまだ自室にいた。寝坊した時のように慌てたりしない。

私はカバンの中身を見ながら、忘れ物がないか最終確認をする。

「服よし、日用品よし、書類もまとめてあるしお金も入ってる。うん！　忘れ物はなさそうだね」

確認を済ませてバタンと大きなカバンを閉じる。遠出する時専用のカバンで、床を引きずれるように車輪がついている。

カバンをコロコロ引きながら、私は自室を後にする。向かう先は室長さんの部屋だ。出発前の挨拶をしに行く。

部屋の前に到着した私は扉を三回ノックする。

「失礼します」

「おはよう。アレイシアちゃん」

「おはようございます」

「せんぱあい！」

扉を開けた途端にシスティーが泣きながら抱き着いてきた。

「システィーも来てたんだ」

「はいぃ！　先輩本当にいっちゃうんですねぇ！」

「もう泣かないで。ひと月したらちゃんと帰ってくるから」

「本当ですか？　本当ですよね？　ちゃんと帰ってきてくれますよね？　向こうが居心地よくて戻ってこないなんてないですよね！」

「え、えぇ？　そんなことないよ。どうして急に――」

そんなことを言い出したのか。

私の疑問の答えは、レン君の視線が教えてくれた。彼はじとーっとこの人が悪いですと言いたげに、室長さんを見ている。

私と目が合った室長さんは、すっと視線を逸らした。

「室長さん……」

「い、いや～　もののたとえで言ってみただけなのよ？　そしたら本気にしちゃって……ごめんなさい」

「はぁ、まったくもう。大丈夫だよ、システィー」

私は泣きじゃくるシスティーの頭を撫でながら、優しく慰める。

「私はちゃんと帰ってくるから」

「ほ、ほんどうでずがぁ？」

「約束するよ。何があっても、ここが私の居場所なんだから」

鼻水のせいで上手く声も出せないシスティーを、よしよしとあやしながらニコリと微笑む。

言葉にした気持ちに嘘はない。ここは私の居場所だ。仮に隣国がいい所だったとしても、私が帰る場所はここなんだ。

「それじゃ、そろそろ時間なので行きます」

「お気をつけて」

「頑張ってきなさい」

「はい」

レン君と室長さんは快く送り出してくれた。残るは未《いま》だに泣いているシスティーだけだ。

「ほら、もう行かないといけないから」

「はい……」

彼女はシュンとしながらも涙をぬぐい私から離れてくれた。彼女だって子供じゃない。私をこれ以上困らせないように、寂しさをぐっと堪《こら》えている。

「先輩！　私も頑張ります！」

「うん。私も頑張ってくるね。戻ってきたら、システィーの立派な姿が見たいな」

「はい！　ご期待に添えるように頑張ります！」

彼女は背筋をピシッと伸ばし、泣きすぎて腫れた顔で笑顔を作る。そんな彼女の姿を見て、これなら大丈夫だと確信した。

「それじゃ、行ってきます」

「はい！　いってらっしゃいです！　先輩！」

システィーに見送られながら、私は室長さんの部屋を後にする。帰ってきた時、成長した彼女を見るのが楽しみだ。

王宮の廊下を歩く私に、たくさんの人が声をかけてくれる。

現代聖女の誕生をきっかけにした様々な出来事を経て、私のことを知っている人が増えたからだろう。

システィー以外の薬師から相談を受けることも増えた。他の職業の方々の意見を聞く機会も増えて、本当に充実した日々を送っている。

決して楽ではなかったけど、これまでの全てがあったからこそたどり着けた。一つでも違えば、別の未来だったかもしれない。

そう思うと、最初のきっかけをくれた彼女にも、やっぱり感謝しないといけないなと思った。そんな時だった。

「アレイシア」

ちょうど頭に思い浮かべた彼女に呼び止められた。

現代の聖女、ミランダ・ロードレスさんに。

「ミランダさん。おはようございます」

「ええ」

彼女から声をかけてくれるなんて珍しい。普段は廊下ですれ違っても、私から声をかけない限り通り過ぎるだけ。体調管理で薬室に来る時だって、基本的には私から話しかけていた。

彼女は私が左手に引いている大きなカバンに視線を向ける。

「今から出発するのね」

「あ、はい。ご存じだったんですね」

「ええ」

彼女が知っていることに驚きはない。聖女はこの国の象徴であり、彼女自身も王国に属する貴族の令嬢だ。

話が回っていても不思議じゃない。

「一か月留守にします。その間の体調管理は室長さんにお願いしてあるので、何かあれば室長さんに相談してくださいね」

「ええ、そのつもりよ」

「なら大丈夫ですね」

「……」

会話が続かない。なんてことのない世間話も覚束《おぼつか》なくて、気まずい雰囲気が漂う。

ミランダさんのほうから声をかけてきてくれたから、何か話があるのかと思っていたけど違ったのだろうか。

しばらく無言のまま時間が経過して、私はその場を立ち去ろうとする。

「じゃあ私は――」

「向こうで私の力が必要になったら言いなさい」

「――え？」

立ち去ろうと踏み出した足がピタリと止まる。

あまりに驚いて、私は大きく両目をパチッと開けてミランダさんを見る。彼女は視線を逸らし、恥ずかしそうな顔をしていた。

「……それだけよ」

と言い残し、彼女はそそくさと歩いて行ってしまう。その後ろ姿を眺めながら、しばらくぼけーっと立ち尽くす。

「――はっ！　待ち合わせ場所に行かないと！」

時間が迫っていることを思い出し、慌てて歩き出す。

急ぎ足の音が廊下に響く中で、私の頭ではミランダさんの言葉が繰り返し聞こえていた。

私の力が必要になったら言いなさい。

それはまさに、ミランダさんが私のことを心配してくれた一言だった。

「……ふふっ」

こんなに嬉しいことがあるだろうか。

一時は反発し合い、私の言葉の一切に耳を傾けなかった彼女が……私のことを気遣ってくれている。

一方通行だった心配の気持ちが、彼女からも向けられたことに、言葉にならないほどの喜びが込み上げてくる。

出発前なのに涙が出そうになる。

「出発前なのにな」

帰ってきたい理由がまた一つ増えてしまった。


待ち合わせ場所に急ぐ。

王城と城下町を繋ぐ門。その前に専用の馬車が用意されていた。今回、私はこの国の代表として隣国へ赴く。だから、それに相応しい待遇が用意されていた。

「アレイシア様ですね」

「はい」

「お荷物はこちらに。どうぞご乗車くださいませ」

「ありがとうございます」

案内してくれるのは王国の騎士さんだ。馬車の御者と、緊急時の私の護衛も兼ねている。護衛は彼一人ではなくて、他にも騎乗した騎士が四人同行する。

馬車に乗車し腰を下ろした私は、窓から準備を進める騎士たちの様子を見ながら思う。

「な、なんだか緊張してきたなぁ」

まだまだ出発前、しかも隣国に到着してもいないのに、全身を緊張が駆け抜ける。聞いていた以上にピリピリした雰囲気も影響して落ち着かない。座っている姿勢も、普段より背筋が伸びている気がする。

隣国までは馬車で丸二日以上かかる。それなりの長旅になるというのに、この調子でもつだろうか。

そんな不安が脳裏に過《よぎ》る。

「アレイシア」

「ラルク！」

彼が私の名前を呼んだ。

不安な時、いつも彼が私の前に現れる。まるで私の心を見透かすように、声にならない悲鳴を聞いたように。

私は窓から外を見る。ラルクは軽快な足取りで馬車に近づき、窓の下までやってきた。

そのまましばらく見つめ合う。普段なら他愛のない話を始めるところだけど、今はそういう気分でもない。

私はただ、彼の顔を見ているだけで安心できた。

そして彼は――

「俺はいつでも一緒だ」

そう、力強く私に言った。

私は馬車の中、彼は外にいて手はギリギリ届かない。触れ合うことはできなくても、彼の言葉には温かさが宿っていた。

その温かさが、私の胸を焦《こ》がすように……緊張を解きほぐす。

「行ってくるね」

「ああ。頑張ってこいよ。ユーステッド王国一の薬師として」

「うん！　待っててね」

交わした言葉の数は少ない。挨拶程度の文字数でも、伝えられる思いは全て伝わった。

もしかしたら、言葉すら必要なかったかもしれない。彼を見ているだけで安心できたように、ただそこにいるだけで……。

時間が来て、彼は馬車から離れていく。

「アレイシア様、出発いたします。よろしいですか？」

「はい。お願いします」

もう、緊張はしていない。不安も感じない。

動き出す馬車の中で、私はラルクと目を合わせる。ほんの一瞬、瞬《まばた》きすれば逃すほどの短さだった。

たったそれだけで、私の心は勇気づけられる。

目指すは隣国スノーライン。まだ見ぬ場所で、私は私の役目を果たそう。そしてまた、この国に戻ってくる。

その時には必ず、自慢できる成果を持って帰らないとね。

第二章

懐かしき友

ユーステッド王国北方。雲にも届く標高の山脈が国境となっている。山脈を越えた先に待つのは、白と青の国スノーライン。

平均気温は一年を通して低く、三日に一度は雪が降る降雪地帯に、鉄の壁で覆われた都市が存在しているという。

私も話に聞いた程度で、実際に見たことはない。

そこは極寒の地でありながら、多くの人々が暮らしている。私は寒さへの対策を万全にして出発した。

服を着込み、コートも着て、首元にはマフラーを巻いている。雪が降っていても耐えられるように、コートにはもこもこのフードがついている。

私としては完璧な装いだと思っていた。

「……さ、寒い」

身体はぶるぶると震えている。露出している頬や手に冷たい空気が触れて、寒いというより痛みを感じる。

馬車の中なのに手袋をしていないと、手がかじかんで動かせないほどだった。

山脈を越えたあたりからだろうか。つまりは国境を越え、スノーラインへ入ったところから急激に気温が低下した。

漂う空気の質が変わり、吐く息は真っ白な色をつけている。万全な寒さ対策をしてきたつもりだったけど、どうやら侮《あなど》っていたらしい。

「こんなに……寒いんだ……」

ラルクに見送られて乗り越えた不安が、またしても再燃しそうなほど寒い。話によれば街のほうは比較的暖かいということだったけど、本当なのかと疑問を抱く。

「大丈夫ですか？　アレイシア様」

「え、あ、はい。思っていたより寒くて驚いているだけです」

「申し訳ありません。山脈を抜けるまではこの寒さが続きます。しばらくは我慢していただくことになるでしょう」

「お気遣いありがとうございます」

予定では山脈の麓に小さな町があって、そこで一泊していくことになっている。

すでに出発から七時間ほど経過していた。山の麓までまだ少し距離がある。騎士さんの言う通り、到着まで寒さに耐えないといけない。

想像すると余計に寒くなるから、距離や時間のことはあまり考えないほうがよさそうだ。

「反対の席にあるカバンに毛布がございます。よろしければお使いください」

「毛布？」

私が座っている席の反対側にも座席がある。私の荷物とは別で、茶色い大きめの手提げカバンがすでに乗っていることに、出発前から気付いていた。

騎士さんの荷物だろうと思っていたのだけど、言われた通りに開けてみたら、中にはふかふかの毛布が詰められていた。

「これ、使ってもいいんですか？」

「ええ、アレイシア様のために用意したものですから」

騎士さんは優しい声でそう言ってくれた。

私はお言葉に甘えて、その毛布を使うことにする。一度広げてから背中に回し、肩にかけて前を閉じるように包む。

温かい……。

「ありがとうございます」

「いえ、お礼は私にではなく、それを用意するようにご指示なされたラルク殿下にお伝えください」

「ラルクがこれを？」

「はい」

騎士さんは馬車を操りながら話を続ける。

第二王子であるラルクは、様々な理由で隣国へ赴く機会も多かった。彼は何度もこの国を経験することで、どういう場所なのか知っている。

私が初めて体験する耐えがたい寒さも、彼はずっと前に経験していた。彼も最初は寒さを見誤り、大変な思いをしたらしい。

「きっと初めては皆がそうだからと。念のために毛布を数枚、防寒具を可能な限り用意しておくようにと指示されました。アレイシア様は寒さに慣れていないだろうから、と」

「ラルクが……」

「殿下は本当にお優しい方です。我々にも分け隔てなく接してくださいます。特に貴女様のことは、心から大切に想っていらっしゃるのでしょう。かといって優しさの押し付けは決してしない。素晴らしいお方です」
「……はい」
私の身体を温かくしてくれている毛布には、ラルクの優しさがそのまま宿ってい
る気がする。
話を聞いて、どんどん全身がポカポカと温かくなる。心の熱が、身体へと伝わっ
ていくように。
本当に、自慢の婚約者だ。
部下からも厚く信頼され、離れていても私のことを支えてくれる。彼が言うよう
に、本当に素晴らしい人だ。
そんな彼と巡り会えた幸運を胸の奥に感じる。
「我々はラルク殿下より、アレイシア様の安全を任されております。何かあれば、
些細なことでもお話しください」
「ありがとうございます。えっと……」
今さらだけど、この優しい騎士さんの名前を私は知らなかった。それに気付いた
のか、騎士さんのほうから。
「失礼しました。私はエドラドと申します。これからひと月、よろしくお願いいた

します」

「はい。こちらこそよろしくお願いします。エドラドさん」

他の四人の騎士さんたちの名前も後で聞いておこう。これからひと月、彼らが私のことを守ってくれる。ラルクの代わりに、彼の意思の通りに。

毛布のことだけじゃない。本当に、いろんなところでラルクの優しさを、存在を感じられる。

心も身体も温かくなった私は、その元気を保ったまま馬車での旅を続ける。

◇◇◇

馬車の揺れが緩やかになっている。山脈を越え、麓を抜けてきたあたりから道が綺麗に整備されていた。

一日中ずっと雪は降っている。木々が押し倒されるほどの積雪量。だけど不思議なことに、馬車が進む街道には雪が積もっていなかった。

誰かが左右にかき分けてくれた、ということでもないみたいだった。一度夜を明かすために立ち寄った町で話を聞くと、雪が積もらないように特殊な薬品を撒いているらしい。

雪が積もるのは、地面に接地した雪が解けずに残ってしまうからだ。当たり前のことだけど、接地してからすぐに解けてしまえば積もることはない。

町の人に聞いても原理はわからないそうなので、王宮に到着してから聞くつもりでいる。

「アレイシア様、窓の外をご覧ください」

エドラドさんの声を聞き、私は窓のほうへ視線を向ける。景色は変わらず雪化粧を纏《まと》った木々ばかりだけど……。

「前方です。少々寒いですが窓を開けて前を見てください。もう見えますよ」

「はい」

言われた通りに窓を開け、身を乗り出すように窓から顔を覗かせる。降り続ける雪に目を細めながら、その先を見つめる。

そこには――

「あれが、スノーラインの首都！」

「はい。レアレスです」

鋼鉄の都市、それがスノーラインの首都であるレアレスの別名だった。街を覆う

ように聳《そび》え立つ分厚い鉄の壁が、その異名を物語っている。

外から見えるのは、レアレスで最も大きな建物。それはもちろん王城……ではない。鋼鉄の都市を支える巨大な煙突こそ、レアレス最大の建造物。

煙突のてっぺんからはもくもくと煙が立ち昇る。


馬車を走らせ数分。私たちはレアレスの入り口である門へとたどり着いた。巨人でも通るのかというほど大きな扉が聳え立つ。

私たちが通るのは大きいほうではなく、その隣にある小さいほうの扉だった。

「こっちの扉は使わないんですね」

「あれは戦時中の名残だそうですよ」

「戦時中……」

「兵器や兵隊の出入りに使用していたと、以前に聞きました。今はもうほとんど使われてないとも」

現在では飾りになっている巨大な門の横で手続きを済ませ、私たちはいよいよレアレスの中へと踏み入る。

街の中へ入った瞬間、私はある変化に気がついた。

「温かい……？」

馬車の中がほんのり温かくなった。気のせいではなく、確実に気温が上がっている。街の中とはいえ、ここはまだ屋外だ。パラパラと雪も降っている。

山脈を越えている時に比べれば和らいだとはいっても、吐く息が凍るほどの寒さが街の外でも続いていた。

それが一瞬にして消え去り、温かな空気が漂っている。よく見ると、すれ違う街の人たちの服装も私よりも軽いものが多かった。

「街の中は温かいですね。これなら毛布はもう必要ないでしょう」

「はい。でも、どうして急にここまで温かくなったんですか？」

「ああ、それはあれのおかげだと聞いています」

「あれ？」

「あれです」

エドラドさんは私にも見えるように、大きく腕をあげて指をさす。彼が指し示した先には、この街で一番大きな煙突があった。

「あの煙突は、熱を生み出す設備の一部だそうです」

「熱を？　ずっと何かを燃やしているんですか？」

「どうでしょう。詳細は私も知りませんので。ともかく、その施設で作られた熱を街中に行き渡らせているんです。街の至るところに、四角い鉄の箱が設置してあるのが見えませんか？」

鉄の箱？

ゆっくり進む馬車の中、窓から街の様子を観察する。確かによく見ると、見慣れない鉄の箱がいくつか設置してある。

ゴミ箱、にしては大きすぎるし、穴が開いている箇所は網目のような構造になっている。何かを入れるものではなさそうだ。

「なんなんですか？　あれって」

「あれは熱気の排出口です。あそこから温風が出ていて、街を温めてくれているんですよ」

「そんな仕組みになっているんですね」

「ええ。確か小型のものが各建築物にも設置されているそうです。他にも、寒さに対する備えがいくつもあるのが、この街の特徴です」

「詳しいですね」

「実は一年ほど、仕事でここに住んでいたことがあるんですよ。二年ほど昔の話ですが、その時にいろいろと経験して詳しくなりました」

エドラドさん曰く、極寒の地に耐えられるか不安だったという。だけど、そんな不安は一日で解消されたそうだ。

「街の中に限れば、ここは十分に住み心地のいい街です。もちろん、王都のほうが私は好きですが」

「ふふっ、気に入っているんですね、この街を」

「ええ。ですから、生活の面でも何かわからないことがあればお尋ねください。大抵のことはお答えできますので」

「ありがとうございます」

本当に頼もしい限りだ。

それから、私たちは馬車を走らせ王城の下へと向かった。王城は煙突の次に大きく、私の知るユーステッド王国の城とはまた違った特徴がある。

まず色が対極だった。

ユーステッドのお城は純白を基にしている。白以外の箇所も、なるべく明るい色を使ってあった。

対してスノーラインのお城は、黒や灰色といった暗めの色がベースになっている。降り続ける雪の白さとも対比になり、お城の黒さが余計に際立つ。この色合いも寒さへの対策らしい。

白は光を反射し、黒は吸収する性質をもつ。寒さに耐えられるように、少しでも熱を吸収する黒をベースにしたのだった。

街の建物も、明るい色合いよりも暗めな色を用いた建物が多かったのはそういう理由なのだろう。

細かな部分にまで拘《こだわ》って、寒さへの万全な対策をとっている。これが雪原地帯を治める国の姿。人々が生活しやすいように進化した形なのだ。

「昔とは全然違うなぁ」

「――？　アレイシア様もここへ来たことがあるのですか？」

「あ、いえ。ここは初めてです」

「そう、なのですか？」

つい思ったことが口に出てしまって少し焦る。エドラドさんは不思議そうな横顔を向け、すぐに正面を向いた。

私の思う昔というのは、数年ではなく千年以上も前のこと。私が聖女だった頃にも、寒さの中で生きる人々は大勢いた。

ここほどじゃないにしろ、毎日凍える寒さに震えながら生活する姿を見てきている。今ほど発達もしていなかったから、寒さをしのぐ方法は限られていた。

きっと、それでも懸命に生き続け、寒さを乗り越えていくうちに少しずつ、彼らの生活は変化していったのだろう。

どんなに苦しく辛い状況でも、人が知恵を絞り、手を取り合い協力すれば乗り越えられる。この街の温かさを感じて、私はしみじみと思った。

しばらく進むと、馬車がピタリと停まる。

王城へ到着した私たちは馬車を降りて王城の敷地内へと足を踏み入れた。ここも街と変わらず温かい。

首に巻いていたマフラーも暑くて取ってしまうほどの温かさだった。王宮へと向かうと、一人の男性が私たちを出迎えてくれた。

「ようこそいらっしゃいました。ユーステッド王国の皆様」

彼は深々と頭を下げる。身なりからして、ここの王宮で働く人なのだろう。薬師《くすし》かどうかは見た目だけじゃわからない。

「これからお部屋にご案内します。荷物はそちらに。その後でささやかですがご夕食を用意させていただきました」

　男性の丁寧な対応に従って、私たちはひと月を過ごす部屋に案内される。私は一人部屋、エドラドさんたちは三部屋を五人で分ける。

　私たちがレアレスに到着したのは夕方だった。すでに王宮内は静かになっていて、働いている人の姿も少ない。

　荷物を部屋に置いた私たちは、そのまま食堂へと案内された。すでにテーブルには料理が用意されている。

　温かそうな料理の数々からは仄《ほの》かに湯気が立ち昇る。

「どうぞお好きな席にお座りください。長旅でお疲れだと存じますので、どうぞおくつろぎくださいませ」

「ありがとうございます。ですが先に、ここの皆さまにご挨拶を」

「いえ、本日はもう遅いですので、詳しいお話は明日にいたしましょう」

「わかりました。でしたらお言葉に甘えさせていただきます」

「はい。何かございましたら私におっしゃってくださいませ」

　そう言って男性はピシッと姿勢を崩さず部屋の壁側に待機する。私たちの視界には入らないよう配慮して、決して邪魔をしないように。

あまりにも完璧な対応に、思わず見とれそうになる。スノーラインの宮廷で働く人たちは、みんな今みたいな接客ができるのだろうか。

お客さんが来た時の対応として、私も見習わないといけないな。

なんてことを思っていた私だけど、温かな料理を口にして一気に緊張が解《ほぐ》れる。

思っていた以上に疲れていたみたいだ。

厳しい寒さは何もしていなくても体力を削《そ》ぐ。温かな部屋と料理を前にして、ようやく私の身体は疲れに気付いたらしい。

食事を美味しくいただいた後は、お風呂の場所を教えてもらった。ここには温泉という施設がある。

ユーステッドの王宮にもシャワー室はあるけど、それとは比べ物にならない規模だった。広々とした浴槽は石で作られている。

泳げてしまいそうな広さの浴槽につかる経験は、前世を含めても初めてだった。

温泉につかりながら身体の疲れを解きほぐして、上がった頃にはポカポカな湯気が身体から出ているのがわかった。

お風呂の後は眠たくなるものだけど、今日は特に眠気が強い。

「それではアレイシア様、何かあればいつでもお声がけください」

「はい。エドラドさんたちもゆっくり休んでくださいね」

「ありがとうございます。では、おやすみなさいませ」

「はい。おやすみなさい」

こうして私は自分の部屋で一人になった。エドラドさんたちはすぐ隣の部屋。壁は厚く、隣の声は聞こえない。

この部屋の中なら、気を張る必要はなさそうだ。

「ふぅー」

私は全身の力を一気に抜いて、ベッドに倒れ込むように寝転がった。慣れない馬車での旅は、想像以上に疲れが現れる。

ただ座っていただけの私でこれなのだから、エドラドさんたちはもっと疲れているだろう。

「今夜はゆっくり休んでくれると嬉しいなぁ」

ぼそりと呟き、窓から差し込む月明かりが目に映る。空が晴れて雪が止み、丸い月が顔を出している。今夜はちょうど満月だった。

私はベッドからノソノソと起き上がり、窓のほうへ歩いていく。湯冷めは身体によくないけど、少しくらいなら大丈夫だろう。そう思って、窓を開けた。

「寒っ！　けど――」

今はちょうどいいくらいだ。

夜は昼間より冷え込むと聞いていたのだけど、雪が止んだおかげで思ったより気温が下がっていない。それでも十分に寒いとはいえ、湯上がりで身体が温まっているからさほど気にはならない。

私は窓に肘をついて夜空を見上げる。

「月、綺麗だなぁ」

王都でも何度も見てきた月。どこか普段見る月よりも明るくて、綺麗なように感じた。寒さで空が透き通って見える影響だろうか。

それとも、この国から見る月が特別綺麗なのだろうか。

この空はどこまでも続いている。ユーステッド王国の空とも繋がっている。

「ラルク……みんなもどうしてるかな」

ふと彼らのことが頭に浮かんだ。

ラルクやシスティーたちも、この空を見てくれていたら嬉しい。そしてほんの少しでも、私のことを考えてくれていたら……。

「幸せだね」

それは繋がっているという証拠だから。

冷たい風が吹き抜ける。私はぶるっと身体を震わせた。

「さすがにそろそろ閉めないと」

独り言を口にして、開けた窓を閉めようとする。そんな時、王宮の庭を誰かが歩いていることに気付く。

ここは建物の三階で、ちょうど庭が見下ろせるようになっていた。

「こんな時間に？」

一体誰だろうと、窓から下を覗き込む。暗く距離も離れていてハッキリとは見えない。服装は華やかで、腰には剣を携えている。

この国の騎士だろうか。それにしては服装が騎士らしくない。どこかの貴族……もしくは王族の方かもしれない。

月明かりに照らされながら、深い藍色の髪がなびく。

その姿に、立ち振る舞いに、私はなぜか懐かしさを感じていた。

◇◇◇

朝になると少し肌寒い。気温は昨夜からあまり変化していない。眠っている間は身体が動かないから、その分だけ体温が下がる。

おかげで布団の中が快適で、少しでも長く包まっていたいという衝動にかられる。

「……はっ！　起きなきゃ！」

もうひと眠りしてもいいかな、とか甘いことを考えてしまいそうになったタイミングでここが隣国であることを思い出す。

私は今、スノーラインの王宮にいる。遊びに来たわけじゃなくて、共同研究と言うお仕事のためにやってきた。

今日から本格的に共同研究が始まるはずだ。のんびり寝ている場合じゃない。

私は慌ててベッドから起き上がり、準備された服に着替える。王都で働いている時の服装に、首から許可証を下げる。

慌てて着替えてみたものの、よく時計を見ると焦るほどでもなかった。着替え終わってから気付いた私は、小さなため息をついて椅子に腰を下ろす。

ちょうど窓の外が見える位置。カーテンを開ければ、真っ白な世界が広がっている。

「眩《まぶ》しいっ。白さが眩しいなんて初めてだなぁ」

昨日の夜に雪が降り積もったのだろう。私たちがここへやってきた時に比べて積雪量が増えている。

街道と同じで、道や人が通れるスペースには雪が積もっていない。これも除雪の薬品の効果だろうか。

トントントン――

「はい」

「アレイシア様、エドラドです。朝の準備はお済みでしょうか？」

「終わっているので入っても大丈夫ですよ」

「はい。では失礼します」

彼は扉を丁寧に開けて部屋へと入ってくる。すでに騎士服に着替えた彼は、ピシッとした立ち振る舞いで私の下に歩み寄る。

「おはようございます。アレイシア様、昨晩はよくお休みになられましたでしょうか？」

「おはようございます。はい。おかげさまでぐっすりでした。エドラドさんたちもしっかり休めましたか？」

「ええ。室内は特に快適ですね。外の寒さもまったく気になりませんでした。快適すぎて、もうひと眠りしようかと軟弱なことを思ってしまったほどです」

「ふふっ、私もですよ」

寒い中で温かな場所は楽園のように感じてしまう。私とエドラドさんは、朝から同じことを考えたらしくて、それが面白くて笑い合う。

「それでは食堂に向かいましょうか」

「はい」

私は椅子から立ち上がり、エドラドさんと一緒に部屋を出る。部屋の外では他の騎士さんたちが待機していて、一緒に食堂へ向かうことになった。

シンバさん、ロブロさん、シャオロンさん、ゾイロムさん。四人の名前も昨日教えてもらって、しっかり頭に入れてある。

彼らとはひと月を共にする仲間だ。仲よくしていきたい。

食堂に到着する。

昨日も利用した広々とした食堂には一人の男性が待ってくれていた。昨日も私たちを案内してくれた男性だ。

彼は私たちを見ると、深々と頭を下げて挨拶をする。

「おはようございます、皆様。朝食の仕度はすでに終わっておりますので、どうぞお好きな席にお座りください」

「ありがとうございます」

何度見ても丁寧な対応に感服する。私たちは料理が並んだテーブルの前に座り、手を組んでいただきますと口にする。

朝食もすごく美味しい。温かさが全身に染み渡り、少しだけ寝ぼけていた意識も完全に覚醒していくのを感じる。

身体がポカポカ温まって落ち着くのも心地いい。

ふと、周りを見て思う。こんなに立派で広い場所、料理も美味しいのに誰も利用していないのかと。

気になった私は、直接聞いてみることにした。

「すみません。ここって普段はあまり使われていないのですか？」

「いえ、ここは王宮で働く者なら誰でも利用可能な場所です。朝と夜は帰宅されるので静かですが、昼は相応の賑わいを見せます」

「そうなんですね。なるほど。じゃあ昼もここを利用すればいいんでしょうか」

「はい。皆さまの食事は全て我々が用意いたしますのでご安心ください。ですので何か要望がございましたらなんなりと」

好き嫌いや食事の時間など、言えば向こうで調整してくれるそうだ。ここでの生活は王国側が保証してくれる。聞いていた通り、とても優遇されていた。

ここまでしていただけることのありがたさを朝食と一緒にかみしめながら、期待に沿った成果を見せようと意気込む。

それから朝食を済ませて、私たちは薬室長室へと案内される。王宮の作りは私たちのところと大きく変わらない。

建築に使われている素材や、色合いの違いくらいだろうか。案外どこの国でも、王宮の内部は同じ景色が見られるのかもしれない。

そのおかげもあってか、あまり緊張はしていなかった。

普段通り、仕事を始める前に室長さんに挨拶をしに行くような心持ちで私は廊下を歩く。

昨日とは打って変わり、廊下には王宮で働く様々な職種の方が行き交っていた。この中に薬師もいるのだろうと、つい目で追ってしまう。

そういえば、昨日の夜に王宮の庭を歩いていた人……。

あの人は誰だったのだろうか。

眠る前の出来事を思い返したところで、案内してくれた男性が立ち止まる。

「こちらになります。少々お待ちください」

そう言って彼は扉をノックし、中にいる室長さんに呼びかける。すぐに返事があって入室の許可が下りた。

聞こえてきたのは低い男性の声だった。この国の薬室長は男性なのだろう。

扉が開く。

「ようこそいらっしゃいました。ユーステッド王国の皆さん」

部屋で待っていたのは、白いひげを生やした年配の男性だった。彼は書類が並んだテーブルと向かい合うように椅子に座っている。

私たちを見ると、ニコリと優しく微笑んで立ち上がった。

「どうぞそちらにお座りください」

「はい。ありがとうございます」

部屋のソファーに案内され、私が腰を下ろす。エドラドさんを含む三人が私の後ろに待機し、入り口付近に残り二人が立っている。

スノーラインの薬室長さんは、よいしょとゆっくり私の対面に座り、改めて私と目を合わせる。

「初めまして。ワシがここの薬室長ドイルです」

「私はアレイシアです。この度はお招きいただきありがとうございます」

「いえいえ、こちらこそ来ていただいて本当にありがたいと思っておりますよ。貴女が、例の万能薬を完成させた薬師殿で間違いありませんね？」

「はい」

とは答えたものの、あれを万能薬だと胸を張って言えるほど満足していない。ドイル室長はニコリと微笑み、お茶を一口飲んでから言う。

「我々薬師にとって一つの目標である万能薬……それに貴女は誰よりも早く手を伸ばした。偉大なことです。同じ薬師として心から尊敬します」

「い、いえそんな、私一人の力ではありません。それに、あれはまだ万能薬と呼ぶには足りません」

「ええ。無礼を承知で申し上げますが、あれはまだ試作品……といったところでしょうか？」

「はい。その通りです」

無礼なんてとんでもない。むしろちゃんとあの薬を評価してもらえていることにホッとする。

同じ薬師であればわかるはずだ。万能薬はその名の通り、あらゆる病や怪我に効果を発揮する薬のこと。

あれは万能薬に限りなく近づいているが、完璧ではないということに。

「であれば、足りぬ一歩をここで成し遂げましょう。我々の知識と経験も、存分に活用いたします」

「ありがとうございます。とても心強いです」

「ほほっ、それはこちらのセリフですな。では、具体的に今後のお話をさせていただきましょう」

ドイル室長から説明を受ける。

私には滞在中、専用の薬室を一部屋用意してもらえるらしい。基本的にはそこで万能薬の研究を行う。

必要な材料や設備は、申請すれば用意してもらえるそうだ。ここまでは事前に聞いていた通りで間違いない。

「ここまでの話で不明な点はありますか？」

「いえ、大丈夫です」

「ふむ。では、共に万能薬の研究を担当する者を紹介いたしましょう。入ってきなさい」

室長室の出入り口は二つある。一つは私たちが入ってきた扉。もう一つは、ドイル室長が座っていた場所の左側に、正面の入り口より一回り小さな扉があった。

彼が呼びかけると、その扉が開く。

姿を見せたのは、男性と女性が一名ずつ。二人とも見た目は若い。男性のほうは緑の髪が特徴的で、メガネをしている。

女性のほうは赤いショートヘア。なんとなく、雰囲気がシスティーに似ている気がした。

二人はドイル室長の隣まで歩いてくる。

「順に紹介いたしましょう。こちらの男性がロール。ここの宮廷薬師の中で一番の知識量を持っているベテランです」

「どうぞよろしくお願いします。必要な知識があれば僕に聞いてください」

彼はメガネをくいっと持ち上げて自信満々にそう答えた。見るからに頭のよさそうな人だ。ベテランという話だけど、見た目より年上なのだろうか。

「そしてこちらの女性が――」

「アイルっす！　よろしくお願いしまっす！」

「え、あ、はい。よろしくお願いします」

ドイル室長より先に元気いっぱいの挨拶をされた。思わず私も返事をしたけど、ドイル室長の紹介を遮ってよかったのかな?

「これアイル。ワシが話しておるのに遮ってはいかんだろう?」

「あ、う、ごめんなさいっす。お爺ちゃん」

「ここでは室長じゃ」

「お、お爺ちゃん?」

予想外の単語が出てきたせいで、思わず私も口に出してしまう。ドイル室長は私と目を合わせ、気の抜けた表情で言う。

「いやすまない。これはワシの孫なのじゃ」

「ああ、そういうことだったんですね」

「そうっす!」

「アイル、礼儀正しくせんか。申し訳ないのう、アレイシア殿。アイルは才能こそあるのじゃが、まだ少々世間慣れしておらんのじゃ」

「いえ、お気になさらないでください。私もできれば、自然体で接していただいたほうが気が楽ですので」

変に畏《かしこ》まられるのは好きじゃない。うちの室長さんもラフだし、仲間も気兼ねなく話してくれる。そういう環境に慣れているからだろう。

「そう言ってもらえると助かる。アイルとは歳も近いじゃろう。ぜひとも仲よくしてやってほしい」

「はい。よろしくお願いします。アイルさん」

「よろしくっす！　アレイシア先輩！　あたしのことはアイルって呼び捨てで大丈夫っすから！」

彼女は元気いっぱいに手をあげながらそう言った。先輩と呼ばれた時、脳裏にはシスティーの姿が浮かぶ。

本当によく似ている。もういつもの薬室に戻ってきたような感覚すらあった。ドイル室長も彼女と話してから口調が崩れている。たぶんこちらが普段通りの話し方なのだろう。

「おほんっ、では改めて。この二名がアレイシア殿と共に研究を進めることになる。本当は全員で、としたかったんじゃが通常の業務もあるのでな」

「大丈夫です。お忙しいのはどこも同じですから」

「すまんのう。じゃがこの二人は宮廷薬師の中でも選りすぐりじゃ。必ず、アレイシア殿の助けになると保証しよう」

「先ほども言った通り、知識のことなら僕にお任せあれ」

「あたしも頑張るっすよ！」

こうして頼もしいセリフを口にする二人と共に、スノーラインでの共同研究は始まった。

◇◇◇

「改めまして、ユーステッド王国の薬師アレイシアです。これからひと月の間、よろしくお願いします」

「こちらこそよろしくお願いします」

「よろしくっす！」

薬室に移動した私たちは、再度自己紹介と挨拶を済ませる。案内された薬室はシンプルな造りになっていて整理整頓もきっちりされていた。

薬室といったら書類の山や試作の薬品が並んでいるもの、という光景に慣れている分、まだここが薬室だという気分になれない。

そのせいかちょっと落ち着かない。

「あの！　質問いいっすか！」

するとアイルが勢いよく右手をピンと挙げて尋ねてきた。私はどうかしたかと問いかける。

彼女は挙げた右手を下ろし、そのまま彼に指をさす。

「この騎士さんは誰っすか？」

「あ、彼はエドラドさんです。ユーステッドから私の護衛をしてもらっているんです」

「護衛っすか！」

「はい。ユーステッド王国騎士団所属、エドラドと申します。ご挨拶が遅れてしまい申し訳ありませんでした。今後ともよろしくお願いいたします」

彼は丁寧に深々と頭を下げる。

「エドラドさんにも研究を手伝ってもらうことになっているんです」

「専門的なことはわかりませんが、力仕事や雑務は私が請け負いましょう。どうぞなんなりとお申し付けください」

「それは頼もしいですね。僕は力仕事は少々苦手なので」

「ロールパイセンは弱っちっすもんねー」

「よ、弱いわけじゃないぞ！　ただ少し力に自信がないだけだ。その分は知識で補えるから問題ない」

彼はくいっとメガネを持ち上げる。どうやらあの行為が癖になっているみたいだ。

そういえばドイル室長がベテランだと言っていたけど、どのくらいなのだろう。

気になった私は尋ねてみることにした。

「ロールさんは、宮廷薬師になって長いんですか？」

「ん？　そうだね。見習いの期間も含めるなら十年くらいかな」

「十年⁉　失礼ですけど、今の御年齢って……」

「今年でちょうど三十歳になる」

まさか私より一回りも年上だったなんて……。

見た目はどう見ても二十代前半にしか見えない。驚いている私を見て、ロールさんは小さく笑ってメガネをくいっと持ち上げる。

「若く見えるだろう？　よく言われるんだ」

「これで三十路《みそじ》とか驚きっすよね～　あ、ちなみにあたしは十六っす！」

アイルは見た目通りの年齢だったようだ。なぜかホッとした自分がいる。十六歳なら、システィーの一つ下かな。

「あたしはまだ宮廷薬師になって半年くらいっすけど、小さい頃からお爺ちゃんの仕事を手伝ってたんで慣れてるっすよ！」

「室長の邪魔をしていたの間違いじゃないか？」

「失礼っすね！　ちゃんと手伝ってたっすよ！」

「失礼というなら君の態度のほうがずっと失礼だろう……一応君よりずっと先輩なんだぞ」

ロールさんが小さくため息をこぼす。

短いやり取りの中で、なんとなく二人の関係がわかった気がする。薬師同士で仲がいいのは喜ばしいことだ。

雰囲気もユーステッドの王宮に近いし、これなら緊張せずに仕事ができるだろう。

「それじゃ、さっそく始めましょうか」

「はい」

「はいっす！」

やる気も十分に、私たちは研究を開始する。最初に私から万能薬について話をすることになった。

私はカバンから持ってきた三本の小瓶をテーブルに置く。

「これが私が作った薬です。三本あって、症状や用途に合わせて配合を変えることで効果が変化します」

「おお、これが噂の万能薬」

「赤、青、黄色、全部色が違うっすね」

「もとになっている素材が違うんです。色もそれで変わります。配合するとまた別の色に変化します」

小瓶とは別に、配合と効果を羅列した紙をテーブルに置く。ただ混ぜ合わせるだけではなく、入れる量やタイミングも調整がいる。

「うわー、すっごい細かいっすね」

「これを全て把握するのは骨が折れそうですね。でもこの三本だけで数ある病の症状に対応できるのは魅力的だ。さすが万能薬ですね」

「ありがとうございます。でもこれでも不完全なんです」

「これだけいっぱい効果があるのにっすか？」

私はこくりと頷く。

これはあくまで万能薬に近いものでしかない。紙に記された効果の羅列は、世界に存在する病の一部でしかない。

同じ症状でも原因が異なれば薬効も変えなくてはならない。この薬で症状は緩和できても、原因を正さなければ再発する。

それに配合が複雑なことも改善したいと思っていた。

「それぞれの薬品を作るだけなら簡単なんですけど、その後の工程が複雑なのはどうにかしたいと……アイル？」

私が話している横で、彼女は三本の小瓶に鼻を近づけ、スンスンと匂いを嗅いでいた。

「クアの実、シリア草の根、養霊酒……」

「え？」

彼女が口にしたのは、三本を作成するための素材だった。彼女は続けて他の名前も口にしていく。

最終的に彼女は、この薬に使う素材を全て当ててしまった。

「リーン草、くらいっすかね」

「す、すごい。どうしてわかったんですか？」

「えっへへ、すごいでしょ？　あたしの鼻は特別なんすよ！」

「彼女は匂いを嗅いだだけで、それが何なのか当ててしまうんだよ」

「あ、ちょっと！　それあたしのセリフっすよロールパイセン！」

匂いを嗅いだだけで素材を当てる？

そんなことが本当に……でも実際、彼女は薬の材料を全て当てている。この薬の材料や調合はユーステッド王国内にしか広まっていない。

だからこそ、スノーライン王国は私を招き入れた。まったく情報がない中で、彼女は正確に言い当てている。

これは信じるしかないだろう。

「すごい特技ですね」

「そうっすよね！　自慢の鼻っす！」

「もっとも、知識不足でそれが何なのかわからないこともあるのは問題だけどね」

「うっ、ロールパイセン。人がいい気分の時に邪魔しないでほしいっす」

「事実だろう？」

「いいじゃないっすか！　そこはパイセンが教えてくれるんすから！」

ロールさんはやれやれと首を振る。

なるほど、この二人の仲のよさにはそういう理由もあったのか。彼女の鼻のよさとロールさんの知識。二つを合わせれば、薬品作りも効率化できる。

ドイル室長のいう通り、心強いメンバーが揃ったみたいだ。

「アレイシアさん、作り方も教えてもらえないだろうか？」

「あたしの鼻は材料はわかっても作り方はわかんないんすよね～」

「はい、もちろん」

私は二人に三本の作り方を説明した。素材がわかってしまえば作る工程はそこまで複雑じゃない。

説明は十五分ほどで終わり、二人とも頷き納得したようだ。

「本当に作り方は簡単なんだね」

「そうっすね。これならあたしでも作れそうっすよ。覚えれば」

「それは誰でもそうだろう……しかし改めてすごいな。材料も特別貴重なものばかりというわけではない。作り方も簡単だ。それでここまで汎用的な薬が完成してしまうなんて」

「ホントっすよね」

二人はまじまじと三本の小瓶を眺めている。

ロールさんが一回頷き、自分の顎に手を触れながら私に尋ねてくる。

「アレイシアさんはどうやってこの薬品にたどり着いたんだ？」

「あ、それあたしも気になるっす！　何かヒントとかあったんすか？　それとも完全な閃《ひらめ》きっすか？」

二人の視線が私に集まる。二人とも目をキラキラと輝かせ、私の回答を心待ちにしている。

「えっと、ヒントというかモデルがあるんです」

「「モデル？」」

二人の声が重なる。息もピッタリで仲がいいな、本当に。

「モデルというのは、原型があるというのかい？」

「万能薬っすよ？　そんなのあるんすか？」

「はい」

私はカバンに手を入れる。ちょうど一本だけ持ち歩いている。

「私が生まれ育ったのは小さな街なんです。そこにはフリーミアおばさんっていう魔法使いが住んでいます」

おばさんはやめなさいって言ってるでしょ？

そんな言葉が脳裏に過《よぎ》ると同時に、私は一本の小瓶を掴みテーブルに置く。中身は透き通るように綺麗な青い液体。

「フリーミアおばさんのポーションが、私が作った薬のモデルになっているんです」

「ポーションだって⁉」

「本物っすか？」

「もちろん」

二人とも信じられないという顔でポーションを眺める。大袈裟な反応になるのも無理はない。魔法使いという存在は現代において極めて貴重だ。

王子であるラルクでさえ、フリーミアおばさんを紹介するまで、魔法使いという存在に会ったことがなかったらしい。

現代において魔法は、現実味のない空想上の力に近い認識になっている。

「ポーションはどんな怪我や病気も瞬く間に治す効果があります。それこそ、私が求める万能薬の効果です。だからこれを調査して、少しでも近づけようとしました」

「その結果、こっちの三本が完成したというわけだね」

「はい」

「はへ～　なんかもうビックリしすぎてよくわかんないっすよ」

アイルは頭を抱えてくらくらと揺れている。ロールさんはブツブツと言いながら、何やらメモを取っているようだ。

「なるほど。では我々の仕事は、このポーションのさらなる調査というわけだね」

「そうなります。いろいろと試したんですけど、わからない部分も多くて。お二人の力を貸してほしいんです」

「承知した。ポーションに触れる機会なんてまたとない。僕としても貴重な情報が得られそうで興奮しているよ」

「あ、あたしは細かいことはわかんないっすからね」

「君はその嗅覚を活かせばいい。そうだろう？　アレイシアさん」

ロールさんと視線が合い、私は頷く。

彼女の嗅覚について知った時、私は一つの可能性を見出した。匂いを嗅いだだけで元になっている素材がわかるなら、ポーションの匂いはどうなのか。

ポーションは魔法、錬金術によって生成されている。その工程は見せてもらって、素材も知っている。

ただし元になった素材をそのまま調合しても、ポーションは完成しない。これはあくまで錬金術の制作物だ。錬金術は物質同士を掛け合わせ、まったく別の物質を作り出す力。

つまり、ポーションになった時点で元の素材の原型はなくなっている。だから私は以前、ポーションの成分調査を進めることで、少しでも近づくように努力した。

それでも不完全なのは、おそらく素材が足りていないのだろう。

「アイル、貴女の鼻でこのポーションの成分を調べてほしい」

「そういうことなら任せてほしいっす！　ちょっと貸してもらっていいっすか？」

「どうぞ」

私はポーションを彼女に手渡す。

小瓶の蓋を開け、彼女がその匂いを嗅ぐ。見ているこっちまで緊張してくる。

「変わった匂いっすね」

「どうだ？　わかりそうかい？」

「えっと、わかるやつもあるんすけど、わからないのもあるというか……アレイシア先輩、なんでもいいので紙に使った素材を書いてもらえないっすか？」

「ポーションの材料でいいですか？」

「それもっすけど、こっちの先輩が作ったほうの材料もお願いするっす」

私はお願いされた通りに材料を紙に羅列していく。書き終わると彼女に手渡し、それを眺めながら彼女が手を加える。

「これは入ってる。これは……微妙、これは合ってる」

「アイル君、何をしているんだい？」

「答え合わせっすかね。匂いがわかったものを丸で、近いものは三角で書いてるっす。何も書いてないのは感じなかった素材っすね。できた！」

アイルは印をつけ終わった紙を私に返す。私が紙を見ると、ロールさんも横から覗き込む。

「あたしにわかったのはこんだけっすね。あと足りないのがいくつかあるっすよ」

「いくつわかりますか？」

「まったく足りてないのは四つっすね。ただ何が足りないかはわかんないっす。匂いの種類とか、何に似てるかはわかるんで」

「そこから先は僕の役目だろう」

ロールさんはメガネを持ち上げる癖を見せ、アイルに別の紙を渡す。

「ここに君が知りえた情報を書き記してくれないか？　些細なことでも構わない」

「いつも通りでいいっすか？」

「ああ、だがせめて文字は丁寧に――」

「まかせるっすよ～」

「聞いてないな……」

二人がやり取りをする隣で、私はアイルが印をつけた紙に目を通す。

すごい。今の一瞬で、これだけの素材の見当をつけたということ？

特に驚いたのは、三角で示してある素材だった。その素材たちを選んだ時のことは印象深く覚えている。

なぜなら、これらは確信がもてないまま調合に加えた素材たちだったから。

成分調査の結果、近い効果の薬効をもつ素材を選んでいく。しかしどうしてもピッタリハマらない素材もあって、他にないからという理由で入れたものがあった。

もちろんテキトーに選んでいるわけではない。代替品と言ってしまったほうが的確かもしれない。

「本当にすごい特技……」

「興味深いですね」

「エドラドさん」

彼はすっと私の隣に立っている。紙に情報を書き記しているアイルと、それを見ながら話すロールさんを見つめる。

「動物にも鋭い嗅覚を持つものがいますが、それに近いのでしょうか。様々な場面で活躍できそうな力です」

「そうかもしれませんね」

彼女の嗅覚は探し物にも役立ちそうだ。薬師以外でも重宝されそうな才能なのは確かで、そんな中彼女が薬師を選んでくれたのは幸運だったと思う。

おかげで私は、夢へとさらに近づけそうだから。

◇◇◇

スノーライン王国に来て三日が経過した。私は変わらず、薬室で万能薬の研究に勤《いそ》しんでいる。

薬室は毎日のように慌ただしく賑やかだった。

「戻ったっすよ〜」

「お帰りなさい、アイル」

「ただいまっす！　これ、頼まれた薬草を持ってきたっすよ！」

彼女は片手に数種類の薬草の入った籠を手にしていた。中身を一つずつ確認して私は頷く。

「うん。ありがとう。ごめんね？　何度も薬草園に行ってもらって」

「これくらい平気っすよ。むしろあたしは難しいことは苦手なんで、こういうことで頼ってくれたほうが嬉しいっす」

「それは薬師として問題があるだろう……」

「うるさいっすね〜　体力無し男のロールパイセンは黙ってほしいっす」

「いつになく辛辣《しんらつ》だな君は！」

「ふふっ」

ここの雰囲気は悪くない。

二人の性格や、接し方も影響しているだろう。なんだかお客さんとしてお邪魔している気分じゃなくて、居心地がいい。

なんだか前々から一緒に仕事をしているような気になって、落ち着く。

「アレイシア様」

「エドラドさん」

薬室の扉を開けて彼が入ってきた。両手に大きな樽を抱えて、動きと一緒にチャポッという水の音が聞こえている。

「調合用の真水をお持ちしました。ここに置けばいいですか」

「はい。ありがとうございます」

エドラドさんは真水の入った樽をゆっくり床に置いた。

「ふぅ」

「すごいっすねエドラド兄さん！　こんなの持てないっす普通！　ロールパイセンなら確実に潰れるっすね」

「なぜ僕を引き合いに出すんだ？」

「あははは っ……自分は騎士として日々鍛えておりますので。この程度であればなんてことはありません。力仕事ならお任せください」

そう言いながらエドラドさんは力こぶを見せる。くっきりと膨らんだ力こぶに、アイルはおおーと声をあげた。

ここ数日でエドラドさんともすっかり打ち解けている。エドラドさんのほうも、最初の頃の改まった態度が和らぎ、頼れるお兄さんチックな雰囲気になっていた。

「なんかエドラド兄さんって、ホントいいお兄さんって感じっすね」

「そうですか？　確かに妹が二人いますが」

「あ、だからお兄さん感が出てるんすね！　いいな～　あたしも頼れるお兄さんがほしかったす」

「君の兄になる男はさぞ大変だろうね」

少し離れた場所でぼそりとロールさんのぼやきが聞こえた気がする。アイルには聞こえなかったみたいで、彼女はニコニコしながら続ける。

「いいなーいいなー。ここにいる間だけでいいんで、あたしのお兄さんになってほしいっすよ」

「ふふっ、大人気ですね。エドラドさん」

「あははは……こういうのは慣れていないので、どう反応していいのか困りますね」

「こらアイル、エドラドさんを困らせるんじゃない」

「うっ、なんすか？　お兄ちゃん気取りっすか？」

「なぜそうなる……」

この二人の軽快なやり取りは見ていて面白い。私とエドラドさんは揃って笑顔を見せる。

「不安に思う必要なんてなかったみたいですね」

「そうですね。温かい人たちでよかった」

私たちはお互いに顔を見合わせながら語り合う。

そんな私たちを横目に見ていたアイルが、なにやらジーッと見つめてくる。

「アイル？」

「どうかいたしましたか？」

「お二人は特に仲よしっすね？　もしかしてそういう関係だったりするんすか？」

数秒、意味を考えて黙り込んでしまった。

そういう関係というのは、つまり……。

「あれ、違ったっすか？　てっきりお付き合いしているのかと思ったっすけど」

「え、えぇ？」

やっぱりそういう意味だったらしい。私は驚きと焦りで変な声をあげた。

予想外の質問だったから余計に動揺してしまう。彼女には私とエドラドさんがそういう風に見えたのだろう。

「その勘違いは光栄ですが、残念ながら違いますよ。アイルさん」

「違うんすか？」

「はい。私はただの護衛です。アレイシア様と初めてお話ししたのも、この任務に

ついてからです」

「そうなんすか⁉　全然そんな風に見えないっすね。乙女の勘が外れたっす」

動揺してしまった私の代わりに、エドラドさんが丁寧に誤解を解いてくれた。

こういう時、自分の恋愛経験の浅さを痛感させられる。色恋の話になると途端に恥ずかしくなって、冷静さを欠いてしまう。

前世も含めたらこの中で一番長く生きているのに、なんて恥ずかしいのかと改めて顔が赤くなる。

「こらアイル。プライベートなことを尋ねるのは失礼だろう」

「いてっ！」

珍しくロールさんがアイルの頭を軽くぽかりと叩いた。

「申し訳ない二人とも」

「い、いいえ、私は気にしてませんから」

「うぅ……お似合いだと思ったんすけどねぇ」

「おいアイル」

彼女は叩かれた頭をさすりながら続けてそう言った。ロールさんは重ねて注意をする。

「ありがとうございます。そう言っていただけて嬉しいですが、私では不足でしょう。何より、アレイシア様にはとても素晴らしい婚約者がおられますから」

「え？　アレイシア先輩婚約者いるんすか！　誰っすか！」

「我が国の第二王子、ラルク殿下です」

「第二王子⁉　先輩の婚約者王子様なんすか！」

アイルが瞳を輝かせながら私に顔を近づけてくる。今までで一番の興味を示していた。

「あ、えっと、そうなんですよ」

「す、すごっ！　王子様と婚約なんてビックリっすよ！　あのあの！　なんで王子様と婚約できたんすか！」

「アイル」

「いいじゃないっすか！　ロールパイセンだって気になりません？」

「そういう問題ではない。プライベートな質問は失礼だと言ったばかりだろう」

「だ、大丈夫ですよ？　私の話でよかったら」

別に隠すことでもない。私がそう言うと、アイルは大喜びして飛び跳ねる。本当にシスティーとよく似ている。

それもあって余計に話してあげたいと思うのか。私が単に、ラルクの話をしたいだけかもしれない。

それから私は、二人の前でラルクの話をした。ちょうど万能薬を作る経緯にも関係している。

自分が聖女であることは伏せつつ、これまでに起こったことを語った。

「すごおー、じゃあ平民から貴族になって婚約までしたんですね」

「はい。爵位の件は私も驚きました」

「アレイシア様の功績を考えれば当然でしょう。皆、アレイシア様には感謝していますから」

「ありがとうございます。エドラドさん」

褒められるのは嬉しいけど、少しだけ歯がゆい。ラルクの話をした後だから余計になのかな。

「すごいすごい！　物語の登場人物みたいっすね！」

「そ、そうですか？」

「そうっすよ！　なんか憧れるっす。そういう話聞くと夢があっていいっすよね！」

「はぁ……しばらくうるさいが我慢してもらえると助かる」

「あはははっ……」

ため息をつくロールさんの隣で、アイルは興奮気味で私に話しかける。今日一日、彼女はずっとこのテンションを維持していた。

◇◇◇

仕事が終わり、夕食も済ませ、お風呂を出た私はそのまま部屋のベッドに倒れるように寝る。

「……はぁ、疲れた」

今日は特に疲れた気がする。理由は考えるまでもなく、あの話をしたせいだ。

仕事時間の半分以上、テンションが最高に上がったアイルに質問され続けていたから若干喉が痛い。

こんなにも人と話したのは、もしかすると生まれ変わってから初めてかもしれない。そう思えるほどだった。

「まぁでも、悪い気分じゃない……よね」

大切な人の話ができて、それに興味を示してもらえる。彼のよさを理解しようとしているみたいで嬉しかった。

誰かに好きな人の話をするって、こんなにも幸せな気分になるんだね。

「薬のことだけじゃないなぁ……知らないこと、まだたくさんある」

今世は初めて知ることばかりだ。前世の私が、何も知らなかっただけなのだろうけど……。

聖女として生き、聖女として死ぬ。それ以上でもそれ以下でもない。私の前世、最初の人生。

私は聖女でした……と。今から思えば、たった一文で語れてしまうほど短く、単純な日々だった。

様々な経験を得られた今世で、私はかつての自分の幼さを自覚する。体ではなく精神の幼さを。

「あの頃の私って……周りからどう見られたのかな?」

ふと、そんなことを思った。

聖女として見られていた以外に、身近な人たちにどう思われていたのか……。

かつての私にも、心を許せる者たちが傍《そば》にいた。命を落とす最後まで、私を支えてくれた騎士の顔が浮かぶ。

今さら考えたところでわからない。だけどもし、奇跡でも起きてまた会うことができたのなら……。

「――あれ……？」

理由はわからない。過去を思い返していたら、なぜか最初の日の夜に見た光景が頭に浮かんだ。

私はベッドから起き上がり、徐《おもむろ》に窓から王宮の庭を見る。

初めてこの部屋に来た日、夜遅くに一人で歩く男性の姿があった。姿を見たのはそれが最後だった。

あれから意識して捜したり、窓を覗くことがなかったからだろう。ついさっきまで忘れていたことを不意に思い出した。

「……ちょっとだけならいいかな？」

私はこっそりと部屋を抜け出すことにした。本当は外に出るなら、エドラドさんたちに声をかけるように言われていたんだけど……。

少しだけ庭に出るだけだから大丈夫だろう。それに、休んでいる彼らの邪魔はしたくないと理由をつけて一人で出る。

誰もいない廊下を歩き、庭のほうへと足を運ぶ。

「――っ、寒い」

さすが夜になると一段と冷え込む。寒さ対策がされている場所だからマシだけど、長くいれば風邪を引いてしまいそうだ。

他国の王宮の庭に、私は一人でたたずむ。

窓から見て誰もいないことはわかっていた。それなのに、なぜか勝手に足が進んでしまった。

本当にどうしてなのか理由はわからない。ただ……。

「あの懐かしさは……」

「――おや、珍しいな？　こんな時間に人と会うとは」

不意に後ろから声が聞こえた。その声に私は振り返る。

雲に月が隠れていて暗く、ハッキリと顔は見えない。ただ、私が窓から見下ろした時に庭を歩いていた男性であることは明らかだった。

どうしてだろう？

彼を見ていると、どうしようもなく懐かしい気分になる。初対面のはずなのに、顔も名前も知らないはずなのに。

私は彼を、彼は私を知っているような気がする。

雲に隠れていた月明かりがゆっくりと顔を出し、私と彼の場所を照らす。

「この時間は冷える。そんな薄着で出ては風邪を――」

顔を見る。目と目が合う。

そして、懐かしさが込み上げる。

「あ、あの……」

「――パルテナ様」

「え？」

懐かしい名前を耳にした。

その名前を知っている者はいないはずだった。少なくとも現代には……。

ユーステッド王国に伝わる大聖女の伝説。それは聖女の偉業を後世に伝えるための物語だった。

大聖女が……私がなした奇跡の数々を、本に記された物語のように伝えられている。だけど、一つだけ伝わっていないことがある。

意図してか、それとも不必要だと判断されたのか。聖女だった頃の……私の名前はどこにも残っていなかった。

現代において、大聖女の名前を知る者はいない。私の正体を知っているラルクだって知らない。

話したことがないのだから、知るはずがない。私以外の誰も、その名前を口にできるはずがなかった。

その名を、私の名を、彼は口にした。

刹那《せつな》、彼を見た時に感じた不思議な懐かしさの理由に結びつく。

「……ジーク？」

「はい！　そうです。ジークです！」

彼は涙を流しながら私の手を握った。力強い手の温もりが私の手にも伝わってくる。震えているのは寒さのせいじゃない。

彼の名はジーク。

聖女パルテナだった頃に、私の隣に立っていた優しい騎士。

第三章

忠誠と親愛

昨日に引き続き、私たちは薬室で万能薬の研究を進める。アイルの嗅覚とロールさんの知識を合わせたおかげで、足りなかった素材の目星もついてきた。あとは複数ある候補から絞るだけ。そのために薬の調合と臨床実験を経て最適な形を模索する。

ここからさらに忙しくなることが予想される。私も改めて気合いを入れないと、という場面なのだけど……。

「……」

「アレイシア先輩。この薬草なんすけど」

「……」

「先輩？　聞いてるっすか？　せんぱーい！」

ぼーっとしていた私は耳元で大声を出されてようやく反応する。物音に驚いた猫のように身体をビクッと震わせて振り向く。

「ど、どうしたの？」

「こっちのセリフっすよ。先輩どうしたんすか？　さっきからずっと話しかけてるのにぼーっとしてるし」

「僕も少々気になっていたよ」

「あーえっと……」

お互いに打ち解けて砕けた口調になった二人から心配の声をかけられる。無意識だった私は回答に困る。

そんな私に二人以上に心配そうな顔をしてエドラドさんが話しかけてくる。

「身体の調子が優れないのでしたらお休みになられたほうがよろしいのでは？」

「いいえ、体調が悪いわけじゃないんです。ただ少し考え事をしちゃってて」

「研究以外のことっすか？　悩みがあるなら相談に乗るっすよ！　こう見えてあたし、昔から友達の相談とか乗ってたんで！」

「僕の情報が役立つなら提供しよう。期間限定とはいえ、共に研究する仲間の悩みは放っておけないからね」

「私も必要でしたらなんなりとお申し付けください」

アイル、ロールさん、エドラドさん、三人とも私のことを気遣い温かな言葉をかけてくれた。

嬉しい気持ちと、申し訳なさが交じり合って複雑な感情が胸の中でくすぶる。

「ありがとうございます。でも大丈夫です。大したことじゃ……ないので。それにお仕事中に他のことを考えるのはよくないですから。反省して集中します」

「そうなんすか？　先輩がそういうならいいっすけど」

「悩みというのはあまり一人で抱え込まないほうがいいと、僕の情報にも乗っているよ。必要ならいつでも声をかけてくれ」

「私もいつでも動けるよう待機しておりますので」

気遣いをしてもらえるほど、本当に申し訳ない気持ちでいっぱいになる。

ぼーっとしている姿を見せた後で、心配いらないと口で言っても逆に心配させるだけだった。わかった上で、こう返事をする以外に考え付かなかった。

なぜなら私が考えていたことは、誰にでも言えるような内容じゃないから。話せるとしたら、当事者以外だと一人だけだろう。

ここにラルクがいてくれたら……と、弱気なことを考えてしまいそうになる。

そんな時だった。

トントントン——

薬室の扉をノックする音が聞こえる。アイルが音に反応して、どうぞと声をかける。すると扉の向こうから、男性の声が聞こえた。

「失礼する」

姿を見せた人物に、その場の全員がガチッと固まった。特にアイルとロールさんは、彼を見た途端に驚きで呼吸を止めるほど。

それもそのはずだろう。なんの前触れもなく薬室にやってきたのは、この国を治める王族……次期国王候補筆頭。

スノーライン王国、第一王子——

「クライン殿下⁉」

「で、でで、殿下⁉」

「この方が……クライン・リーズベルト殿下」

驚く二人と邪魔にならないように壁際に寄り、礼儀正しくピシッと立つエドラドさんの姿が視界に映る。

本来ならば私も畏《かしこ》まった態度で接するべきだろう。他国の王子様が目の前にいらっしゃったのなら、そうするべきなのが普通だ。

だけど私は、その場で立ち尽くし、彼から目を逸らさない。彼もまた、私を見つけるとニコリと微笑む。

昨夜の出来事が脳裏に映し出される。

皆が呆気にとられる中で、最初に冷静さを取り戻したのはロールさんだった。彼はメガネに軽く触れ、恐る恐る口を開く。

「で、殿下。こちらの薬室に何かございましたでしょうか……」

「いいや、特に用事があったわけではない。ただ様子を見に来ただけだ」

「は、はぁ……そうでしたか」

「ああ。私のことは気にせず作業を続けてもらって構わない」

クライン殿下はそうおっしゃるが、さすがに無理ですよと言いたげな表情をアイルとロールさんは見せていた。

国のトップがいる空間で、普段通りに仕事をするというのは難しいだろう。特に二人の反応を見る限り、殿下と接することに慣れていないようだった。

私たちの国ではラルクがいてくれたから、王宮で働く人たちにとって王族は遠い存在ではなく、身近な人になっていた。

この国ではそうはいかないらしい。いいや、本来はこちらが正しい。

王族とは本来、畏怖されてしかるべき存在なのだから。そんな彼が私のもとへ歩み寄り、穏やかな表情で声をかける。

「こんにちは。アレイシア様」

「はい。こんにちは、クライン殿下」

「殿下が先輩に話しかけたっすよ！」

「しかも様、だと？　僕の情報にはないぞ！」

離れたところでアイルとロールさんのひそひそ声がかすかに聞こえた。二人ともひどく驚いている。部屋の壁に寄って待機しているエドラドさんも、僅かに目を大きく広げた。

「身体の調子に問題はありませんか？」

「はい」

「それはよかった。もし何かあったらいつでも声をかけてください。うちにも優秀な医師がたくさんいます」

「お気遣いありがとうございます」

私と殿下の会話を横目に見ていた二人は、さらに驚いた顔でひそひそ話をする。

「どういうことっすか？　なんであんなに親しげなんすか？」

「わからない。殿下のほうも畏まっているのはなぜだ？　僕の情報にはないぞ」

「なんすかそれ！　役に立たない情報っすね！」

「くっ、こんなはずでは……」

興奮からか二人の声はどんどん大きくなっていった。私にハッキリと聞こえる声量の時点で、間違いなく殿下にも聞こえている。

ただしクライン殿下は二人の声は気にしていない様子だった。彼は入室から現在に至るまで、ずっと私のことを見守っている。

「この国の夜は冷えます。室内が温かいからこそ、温度差に体調を崩すことも珍しくありません。くれぐれも、薄着で外には出ないように」

「そうですね。気をつけます」

昨日の夜の話をされている。だから風邪を引いたりしていないか、心配で様子を見に来てくれたのだろう。

きっとそれだけが理由じゃない。彼は私のことをよく知っている。昔から、ずっと昔からよく知っている。

「それでは、私はそろそろ失礼します。私がいると、どうにも研究に集中できないようですので」

殿下はアイルとロールさんに視線を向ける。二人は驚いてビクッと背筋を伸ばした。そんな彼らを見て殿下は小さく笑う。

「アレイシア様、また」

「はい」

そう言い残し、殿下は薬室を後にする。

颯爽と現れては早々に消えていく。まるで吹き抜ける風のように。殿下もいなくなって、これで作業が再開できる。

「アレイシア先輩！」

「どういうことなんだい！」

とはいかなかった。

殿下がいなくなって数秒の沈黙を破り、アイルとロールさんが私に詰め寄ってくる。目をキラキラさせる期待とは異なり、もっと必死な顔を近づける。

「なんで殿下とあんなに親しげなんすか！　いつ知り合ったんすか！」

「あのように笑う殿下は僕も初めて見るよ！　一体何があってどうなったんだい？」

「あ、あの……」

「お二人とも、少々落ち着いてください」

二人の圧力に押され気味だった私の前に、エドラドさんが割って入る。取り乱す二人と違って彼は冷静だった。

「気になるのはわかりますが、そんなに詰め寄ってはアレイシア様が困ってしまいますよ」

「あ、ごめんなさいっす」

「僕としたことが……つい興奮してしまったようだ」

アイルとロールさんは揃って申し訳ないと頭を下げてくれた。私は気にしないでくださいと返し、視線でエドラドさんに感謝を伝える。

エドラドさんは軽く目を伏せてから一歩下がる。

「そ、それで聞かせてもらえないか？」

「そうっすよ！　殿下とはどういう関係なんすか！」

「えっと、関係って言われても……」

実は私は千年以上前に聖女として生まれて、その時に私のことを支えてくれたジークという騎士がいるんだけど。

私も彼も、記憶を持ったまま現代に転生したらしくて、昨日の夜に偶然遭遇してそのことを知ったんだ。

なんて、一体どの口で言えばいいのか。

さすがに本当のことを話すわけにはいかない。かといって答えないのも、二人の熱いまなざしが許してくれなさそうだ。

「うーんと、昔の知り合い……かな」

「昔の知り合いっすか？」

「うん。ずっと昔に会ったことがあったみたいで」

別に嘘は言っていない。

「昔馴染みというやつかな？　だがいつの話だい？　アレイシアさんはこの国に来るのは初めてだと聞いたが……」

「わ、私もそうだと思っていたんですけど、小さい頃に来たことがあった……みたいで？　あまり覚えていないんです」

これは完全に嘘だから、少々後ろめたい気持ちになる。だけどおかげで、二人はなるほどと納得したようだ。

「そういうことだったのか」

「なんすかそれ、なんすかもう！　そんなすごい話なんで教えてくれなかったんすか先輩！」

「私も会うまで忘れてたから」

「この国へ来たことも忘れているみたいだし、それだけ幼い頃の記憶なのだろう。成長と共に薄れていくのは仕方がないことだね」

いつもの調子を取り戻したロールさんが話しながらメガネをくいっと持ち上げる。

アイルはずっと興奮気味のままだった。

「すごいっすよ！　こんなすごい話ないっすよ！　殿下と昔馴染みとか、どこの小説の主人公っすか！」

「興奮しすぎだぞ、アイル。しかし興味深いな。あの殿下の笑顔……僕も初めて見るよ」

「え、殿下は笑わないんですか？」

「そういうわけではないよ。式典の際など、国民に顔をお見せになる際はいつも笑顔だ。ただ、普段はあまり表情を変えないお方だよ」

「そうっすね。大体いっつも難しい顔してるっすよ」

二人の話から想像する彼と、私に見せていた表情が一致しない。私の前では、どちらかというと表情豊かなほうだった。

特に昨日の夜は……。

◇◇◇

私にとってもそれは、邂逅《かいこう》だった。考えなかったわけじゃない。私がこうして生まれ変わっているのなら、私以外の誰かも……と。

そしてどこかで、巡り会うことができたら……。

「パルテナ様……パルテナ様。こうしてまた貴女とお会いできるなんて！　夢のようでございます」

「ジーク……」

彼は私の手を握りながら、何度も私の名前を呼ぶ。現実であることを確かめるように、今をかみしめるように。

その瞳からは大粒の涙が流れ落ちる。

見た目はかつての彼とは大きく違う。私といた頃は、常に騎士の鎧を身に纏っていた。いつでも私を守れるようにと。

そんな彼が今は、貴族らしい高貴な服装に身を包んでいる。時代の変化と、千年前と現代の違いを改めて感じた。

「私も……会えるなんて思ってなかった」

「パルテナ様」

「会えて嬉しい。ジーク」

「……はい。私もです」

千年ぶりの再会。お互いにもう二度と会えないと思っていたからこそ、この瞬間を心に刻む。

それから、現代での彼のことを少し教えてもらった。驚くことに、彼はスノーライン王国の王子として生まれ変わっていた。

数年後、現国王が王の座を退いた暁には、彼が国王になることがほぼ確定しているという。

「ジークが王子……国王かぁ」

「お恥ずかしい。私などに務まるか……自信はありませんが」

「そんなことないよ。ジークは昔から、たくさんの人をまとめたりすることが得意だったでしょ？　きっと国王にも向いていると思う」

「恐縮にございます。しかしあれはパルテナ様のお傍にいたからこそです。私一人

「ううん。私にできたのは祈り続けることだけだった。それ以外のことは全部、貴方に任せっきりで、頼ってばかりだったよ」

彼と再会した影響か、昔のことが鮮明に思い出される。聖女として生きていたあの頃……いつも隣にはジークがいた。

聖女である私を支え、時に剣を振るい私を守ってくれた人。彼の存在があったから、私は最後まで祈り続けることができた。

「滅相もございません。貴女のお力になることこそ、私の誉《ほま》れなのですから」

このセリフも懐かしい。私が彼のことを褒めたり、いつも頼りきりなことを謝ったりすると、彼は決まって最後にそう言った。

私と共にあることが、力になれることが、自分の誉れなのだと。

「本当に……ジークなんだね」

「はい。パルテナ様」

「……そっか」

懐かしさと一緒に、様々な感情が込み上げてくる。この気持ちをどう表現していいのか、私にはわからなかった。

数秒の静寂が夜の庭に漂う。

「――っ、夜は寒いね」

「ええ。そんな薄着ではいくら聖女様でも風邪を引いてしまいます。話したいことはたくさんありますが、今夜はここまでとしましょう」

「そうだね……うん」

「部屋までお送りいたしましょうか？」

「ううん、平気だよ。ここへは内緒で来てるから、こっそり戻らないとだし」

「わかりました。お気をつけてお戻りください。パルテナ様」

彼は私に頭を下げる。いつもの……千年前の調子で。

「アレイシアって呼んで。アレイシアが今の私の名前だから」

「はい。アレイシア様」

「それから、変に畏まったりするのも禁止ね？　今の私は薬師《くすし》で、貴方はこの国の王子様なんだから。ね？　クライン殿下」

私はニコリと微笑みながらそう言った。彼は少しだけ恥ずかしそうな顔を見せ、優しく微笑《ほほえ》む。

「なんだかくすぐったいですね。貴女に殿下と呼ばれるのは」

その日は再会できた喜びと明日への期待が膨れ上がって、あまり眠れなかった。

い合えることが、どれほど幸福なのか痛いほどわかる。

次がある。明日がある。永遠の別れを経験している私たちにとって、またねと言
話したいことは次の機会に話そうと約束して、私たちは別々の方向へ帰っていく。

「はい。また」

「ふふっ、それじゃあまた」

◇◇◇

薬室には数種類の薬草やハーブ、特殊な鉱石を粉末状にしたものなど、様々な素材がずらっと並んでいる。

私たちは素材と向き合い、真剣な面持ちのまま話を進める。

「ついにこの瞬間が訪れたようだね」

「今から腕がなるっすよ」

「私も微力ながらお手伝いいたします。アレイシア様」

「はい」

三人の視線が私に集まったことを確認してから、大きく深呼吸をして声に出す。

「これから、万能薬の調合研究に入ります」

「うむ！」

「待ってたっすよ！」

「はい！」

この国に来てから一週間が経過した。アイルの嗅覚とロールさんの知識を頼りに、万能薬づくりに足りない素材を洗い出し、候補をまとめて精査した。

それがようやく終わり、実際に調合する段階に入った。ここからは調合のパターンをいくつか試していくことになる。

分量、入れるタイミング、素材の状態……様々な条件を変化させ、最適なパターンを見つけ出す。これまで以上に地味な作業を進めることになる。

「可能性の高いパターンから試していきます。一覧をまとめたのでこの順番でいきましょう」

「了解っす！　改めて見てもすごい数っすね」

「これでも事前に候補を絞っているんだ。全てを試すのでは、共同研究の期間内に終われないのでね」

ロールさんに協力してもらって、調合パターンにも優先順位をつけている。元にする素材が多い分、あらゆるパターンを試していたら三か月はかかる。

私たちが一緒に研究できる期間は残り約三週間。その間に、なんとか最適なパターンを見つけないといけない。

「なるべく早く進めましょう。よろしくお願いします」

「任せるっすよ！　さっそく始めましょうっす！」

「こちらに素材は用意してある」

「私も待機しておきます。足りない素材は運びましょう」

全員が一丸となって研究を進める。

この時にはもう、お互いにお客さんとか別の国の人であることはまったく気にしなくなっていた。

長年を共にした戦友のように、お互いに信頼し合って仕事を続ける。

慌ただしい昼の時間が終わり、夜になる。

仕事は終わり、食事や入浴は済ませて後は寝るだけ……ただ私には、新しくできた日課があった。

夜遅く、みんなが寝静まる頃にこっそりと、彼は私の部屋を訪ねてくる。

「こんばんは、アレイシア様」

「いらっしゃい。クライン殿下」

千年前の私の騎士ジーク。今ではこの国の王子になった彼と二人だけの時間を過ごす。

特に予定があるわけではない。私の部屋で向かい合って椅子に座り、他愛のない話をするだけだ。

大抵は、お互いの今世で起こったことを話している。

「研究のほうは順調ですか？」

「うん。一緒に研究している仲間が優秀なおかげでね」

「それはよかった。この国は環境に恵まれませんでしたので、その分様々な学問が発達しています。王宮に限らず、優秀な人材が数多くいるでしょう」

人を育てるのは環境だと言われている。厳しい寒さと戦い続けたこの地の人々は、寒さをしのぐ術を編み出した。

そうして環境に対応するように、人々は学び知恵を身につけ進化する。この国はそうやって大きくなったのだと彼は語った。

「いい国だね」

「はい。自慢の国です」

そういう彼は誇らしげで、とても嬉しそうだった。

「貴方のほうはどうなの？」

「私のほうは少々立て込んでおりまして……実は最近よくない事件が続いていて、その対応に追われております」

「よくない事件？　悪い病気が流行ったりしているの？」

「いいえ。そういうものではありません。問題は病ではなく人です。アレイシア様は、この国が白と青の国、と呼ばれていることをご存じですか？」

私はこくりと頷く。

白は雪を、青は海を表している。この国のさらに北側には広大な海が広がっている。雪と海の国、それがスノーライン王国。

「我が国は海での産業も盛んです。そこを狙って、海賊が船や港を襲うことも頻繁に起こっていました」

「海賊……いるんだね。そういう人たちが」

「はい。問題なのは、その中で最も大きな海賊の一味『海の牙』が勢力を拡大させていることです」

彼の話によると、海の牙はスノーラインの海賊たちを牛耳る一大組織らしい。これまで何度も国の船が襲われ、多くの被害が出ている。

現在スノーラインで最も警戒すべき相手となった。そんな彼らが最近になって、陸地でも活動を始めたという。

「海賊なのに陸でも活動しているの？」

「ええ。この国の都市は付近に大きな川が流れているんです。その川は海に繋がっていて、中型であれば船で昇ることができます」

「船で川を昇って？　そこまでして何を……」

「目的は金品の強奪や人攫《さら》いです。特に女性や子供が狙われています」

人身売買。攫った人を商品として売り出す。そんなことが陰で行われている。

話してくれた彼も暗い表情をしていた。

「ただいま全力で対処に当たっています。一番厄介な頭目さえ捕えられれば、彼らの行動も制限できるでしょうから」

「頑張ってね。私にできることがあったら協力するよ」

「ありがとうございます。そのお言葉だけで十分です。それよりアレイシア様もお気をつけて。ここにいる限りは安全でしょうが、彼らはお金になる人材を狙っています。くれぐれも、一人で街の外には出ないように」

「うん。貴方も気をつけて」

こうして彼と話をして、一日を終える。


慌ただしくも充実した日々が続き、すっかりこの国にも慣れた頃。共同研究の期間も残り一週間を切っていた。

いよいよ研究も大詰めとなり、最終段階に移行する。

調合した薬を実際に試す臨床検査だ。人に協力を仰ぐこともあるけど、今回は検査用に飼育しているウサギに協力してもらう。

試すのは薬の効果というより、服用することで害がないかどうかだ。調合した万能薬は人間用だから、病を患った動物への効果は薄い。何より動物に効いても、人間に効かなければ意味がない。

人に協力してもらう本格的な検査の前に、安全性を確認する。

「うぅ……毎度思うんすけど、これウサギが可哀想なんすよね～」

「そう言うな。いきなり人に使って問題があったら取り返しがつかない。これは必要なことなんだ」

「わかってるっすよ。でもやっぱ可哀想っすね。実験されるって」

「僕らも安全だと自信を持てるからこうして試せるんだ。危ないと思ったなら最初からやらない。可哀想だと思うなら、僕らが技術を身につけるしかないんだ」

検査を進めながらアイルとロールさんがそんな話をしていた。アイルの気持ちも、ロールさんの言葉も、どちらも間違っていない。

結局、私たちにできることは、失敗しないように努力することだけだ。

ウサギでの検査はすぐに終わり、安全性の確認は取れた。次に人に対する検査に入る。王宮の医師に協力してもらい、実際に試す。

王宮の医師にかかる人は、城や王宮で働く職員。首都レアレスに拠点をもつ貴族の方々だった。

検査は相手の同意をもって行われる。拒否すればもちろん無理に使ったりしない。あくまで善意でやってもらう。

「経過を見るのに一週間で足りるっすか？」

「少々足りない気がするが……」

「そうですね。共同研究の期間を延ばせないか聞いてみましょう。私もここまで来たので、できれば最後までやり遂げたいです」

「さすがアレイシア先輩！　そう言ってくれると思ってたっす！」

その後、クライン殿下を通して研究期間が十日間延長されることになった。その分の資金も変わらず用意してくれるそうだ。

国としても万能薬の開発は望ましい。大金をかける価値があると思ってもらえたからこそ、ここまでの待遇が受けられる。

私の目に見えないところでたくさんのお金が動いているのだろう。

そして、本来の予定であるひと月が経過した。


夜になり、私は一人で部屋で寛《くつろ》ぐ。万能薬研究も佳境に差しかかり、完成が目の前に迫っている。

それを心から喜ぶと同時に、寂しさも感じていた。

寂しさの種類も様々だ。本当なら今頃、ユーステッドへの帰路についていたはずの時間。みんなに、ラルクに会いたいという気持ちがある。

この研究が終われば、ここともお別れになる。短い時間だったけど、彼らと過ごした時間はとても楽しくて充実していた。

せっかく仲よくなれたのに……別れるのは寂しい。

どちらにしろ、寂しさは感じてしまいそうだ。だけど、寂しいと思えることは悪いことじゃない。それだけ日々に満足していた、ということだから。

何より、今生《こんじょう》の別れではないのだから。寂しいと思うなら、また会いに行けばいいんだ。

トントントン――

扉をノックする音が聞こえて、私はどうぞと声をかける。扉を開けて姿を見せたのはクライン殿下だった。

「いらっしゃい」

「はい」

こうして彼と話す時間も当たり前になりつつあった。研究が終われば、この時間もなくなってしまう。そんなことを思った時……。

「アレイシア様、この国に残りませんか？」

「え？」

彼から思わぬ誘いを受けた。表情は真剣そのもので、冗談を言っている風には見えない。真っすぐな瞳が本気だと告げている。

「突然こんな話をしてしまい申し訳ありません。ですが、ずっと思っていたことなのです。私は……かつて貴女を守れなかった」

「ジーク？」

思わず昔の名前で呼んでしまった。雰囲気が、話し方が、騎士だった頃のジークと重なったせいだ。

「貴女が命を削って力を振るっていたことに……私は最後まで気付きませんでした。誰よりも傍にいたにもかかわらず、貴女を守ると約束したのに……」

「それは……ジークのせいじゃない」

あの結末は誰のせいでもない。私が自ら望んでそうなっただけ……命を削ると知りながら、祈り続けた私の最期。

彼が悔いるようなことではない。それでも彼は首を振る。

「私は貴女を守る騎士です。その私が、貴女を死なせてしまった。それ以外に道はなかったとしても……やはり悔しかった。何かできることはあったのではないかと」

「ジーク……」

そんな風に考えてくれていたんだ。私の死を……心から悔いている。喜びの感情より、申し訳なさを強く感じる。

私のせいで悩ませてしまって……ごめんなさい。

「あの頃の私には力がありませんでした。立場も……ですが今は違います。私はこの国の王になります。今の私なら、貴女を真にお守りすることができる。この国で、貴女が望む生き方を……私が支えたいのです」

そう言って彼は手を握る。再会した時と同じように。けれど力強く、放さないと告げるように。

彼の想いは真剣だ。嘘偽りなく、私のことを心から想っている。かつて隣で見てきた瞳……私に捧げる忠誠が見えるようだった。

「……ジーク」

「パルテナ様」

彼の想いが本物なら、私も本音で応えるべきだと思う。だから私は偽りなく、胸のうちに秘めた想いと共に、彼に語る。

「……私は――」

◇◇◇

スノーライン滞在三十八日目。

私たちはついに、悲願を達成した。全ての薬師の夢であり、人々の生活を支える究極の一つ、万能薬が完成した。

数々の臨床実験を経て効果を証明し、今度こそ万能薬と呼べる段階へと達したのだった。

その報は瞬く間にスノーライン中に広まり、一時的なお祭り騒ぎにも発展した。

スノーラインは過酷な環境故《ゆえ》に様々な病気や災害による被害に見舞われる。その中で生活する彼らにとって、あらゆる病や怪我に効く薬は、何より望んでいたものだったようだ。

万能薬を完成させたことで、私の名前も一緒に広まる。天才薬師とか、スノーラインの救世主とか……。

なんだか恥ずかしい呼ばれ方もしているみたいで、少し複雑な気持ちになった。

もっとも、彼らが喜んでいる声を聞くのは、素直に嬉しかった。

そして――

共同研究最終日。私は帰りの仕度を済ませて馬車に乗るところだった。

「皆さん、本当にお世話になりました」

「ぜんぱーい……本当に行っちゃうんすか」

「当然だろう。研究が終わったんだ。アレイシアさんはユーステッド王国の薬師なんだからね」

「うぅ……パイセンは寂しくないいんすか？」

泣きながら問いかけるアイルに、ロールさんはいつも通りメガネをくいっと持ち上げて言う。

「もちろん、寂しいさ」

「うぅ……寂しいっすよぉー」

「ごめんね、アイル」

こういうところもシスティーに似ている。涙を流す彼女の頭を撫でながら、私も別れを惜しむ。

欲をいうならもう少し一緒にいたい。だけど、私の帰りを待ってくれている人たちがいる。私の帰る場所は、あの国にある。

「今度は、私の国に遊びに来て。私の仲間も紹介するから」

「行くっす！　絶対行くっす！」

「予定を立てないといけないね。それは僕に任せてほしい。近いうちに必ず行こう」

「はい。待ってます」

私たちは再会を誓う。別れは寂しいけど、また会おうと約束できる。人生はこれから先も続いていく。

また会えるのなら、その時を楽しみにして今は耐えよう。そういう風に思えるんだ……今世なら。

だから彼とも――

「クライン殿下」

「アレイシア様」

「またお会いできる日を楽しみにしています」

「……はい。こちらこそ、その時を心待ちにしています」

そうして私たちは馬車に乗り込む。最後に彼から、お気をつけください、と言葉をかけられて、私たちは王宮を出発した。

名残惜しさはある。四十日という短い期間に、私はたくさんのことを経験した。

きっと生涯、この経験を忘れることはないと思えるほど濃い時間だった。私は思い出を振り返るように馬車から外を見る。

雪の降り積もる街並みも、なんだか愛おしく見える。

「アレイシア様」

そんな私に、エドラドさんは語りかける。

「また皆さんとお会いできる日が楽しみですね」

「……はい」

本当に楽しみだ。

幸福の余韻に浸りながら、私たちは帰路につく……はずだった。

先頭を走る騎士の足元に、一本の矢が飛ぶ。

「な、なんだ⁉」

「止まれ！」

矢は馬の足元をかすめて地面に突き刺さった。慌てて止まった先頭に合わせて、私を乗せた馬車も急停止する。

「申し訳ありません。お怪我はありませんか？」

「だ、大丈夫です。それより何が」

「敵襲だ！　武器を持て！」

街道に怒声が響く。

物騒な単語が耳に入り、私の身体がぶるっと震えた。寒さのせいではない。私の身体は四方から感じ取った。

迫りくる悪意と、殺気を。

窓の外を見る。左右の岩陰から、ぞろぞろと武器を持った男たちが姿を現した。数はゆうに二十を超えている。

「アレイシア様は馬車の中に。ここは私たちにお任せください」

「エドラドさん……」

「ご心配には及びません。我々は騎士です。こういう時のために日々訓練をしておりますので」

窓の外では武装した男たちが馬車を取り囲んでいる。エドラドさんを含む五人の騎士さんは、私を守るように馬車を囲み剣を抜いていた。

「止まれ！　さもなくば容赦はしない」

「かかかっ！　止まれっつわれて止まると思ってんのか？　人数差見ろよ。どっちが有利かなんて一目瞭然だぜ？　本当はビビってんだろ？　なぁ、大人しく中にいる女を差し出せば見逃してやってもいいぞ？」

「私？」

彼らの目的はどうやら私らしい。窓ガラス越しに、男の一人と目が合う。いやらしい目にぞっとする。

「そんな要求がのめるわけないだろう。引かないというのなら、斬り捨てるまでだ！」

「はっ！　だったらぶっ殺してやるよ！」

にらみ合っていた両者がついに戦闘を開始してしまう。金属同士がぶつかり合う音が響き、無数の足音が周囲を包む。

こうなっては私は見守るしかできない。下手に出て行っても邪魔になるだけだ。

それがどうしようもなく歯がゆい。

ただ、人数差があるにも関わらず優勢をとったのはエドラドさんたちだった。

「くっ、こいつら意外と……」

「どうした？　その程度か逆賊ども！」

熟練度の差がそのまま戦況に表れているのだろう。エドラドさんたちの強さが人数差を覆しつつあった。

このままいけば彼らを倒し、制圧することもできる。私はその光景を見ながら安心する。

「ちっ、しゃーねぇな！」

その時、一人の男が懐から小瓶を取り出し、地面に叩きつけて割った。割れた小瓶から黄色に煙が発生する。

強い刺激臭がする。私は瞬時にそれが麻痺毒であることを察知した。

「その煙を吸っちゃ駄目です！」

「っ……」

私は叫んだ。だけど一足遅かった。エドラドさんたちは煙を吸ってしまい、次々にふらつき出す。

「こ、これは……毒か」

「そうだよ。こいつは高いから使いたくなかったんだけどなぁ。ったくめんどくせーことしやがってよぉ！」

「がっ、ぐ……」

「エドラドさん！」

痺れて動けないエドラドさんに男が斬りかかる。血しぶきが舞い、その場に倒れ込む。

私は思わず馬車から飛び出してしまった。中にいるようにと言われたのに、彼が傷ついているのを見て、それを忘れて。

「いけません……アレイシア様」

「お、自分から出てくるなんて賢い女だなぁ。おいお前ら」

「っ、や、やめて！」

エドラドさんたちの傷を治療しないと。出血も多い。外の寒さも考慮したら命に関わる。だから早く――

「おい騒ぐな！」

「うっ……」

布のようなもので口を塞がれる。鼻から抜ける刺激が、私の意識を鎮める。さっきのと同種の麻痺毒が塗られている。

気付いた時にはもう手遅れで、私が最後に見たのは、手を伸ばすエドラドさんの姿だった。

去っていく馬車を見送る面々。

その表情は等しく、賑やかだった頃を思い返して感慨にふけっていた。

◇◇◇

「……」

「なんだか寂しそうっすね。殿下も」

「そう見えるね」

二人のヒソヒソ声はクラインに届いている。聞こえた言葉を飲み込んで、誰よりも早く城内へと戻っていく。

一人で歩くクラインは、ぼそりと本音を漏らす。

「寂しいに決まっている。が、それだけではない」

彼が抱く感情は複雑で、到底一言では表わせないほど深い。千年と余年かけて願ったのは、彼女が幸福に生きられる日常だった。

それはすでに成しえていた。この現代で、彼女は自分の居場所を見つけていた。

「複雑だな。まったく」

彼は思い返す。

前世での記憶を、輝かしい日々と、後悔の最後を。

◆◆◆

千年前、一人の聖女がいた。

彼女は美しく、はかなげで、誰よりも慈悲深く、人々の心に寄り添った。聖女とはそういう存在なのだと誰もが言う。

聖女なのだから当たり前なのだと。しかし、私はそうではないと確信していた。なぜなら彼女も、一人の人間なのだから。

聖女という極めて異質な力を持っているというだけで、他は何も変わらない。ただ、彼女は確かに普通とは違った。

「パルテナ様、そろそろお休みください」

「大丈夫よ。まだ困っている人はたくさんいるわ。彼らを見てからにしましょう」

「ですが、昨日もほとんどお休みになられては……」

「心配してくれてありがとう。貴方が気遣ってくれているから私は平気よ」

そう言って彼女は優しく微笑む。

彼女は特別だった。見知らぬ他人のために、身を粉にして祈り続けた。誰でもできることじゃない。

眠る時間を削り、疲れや不満を一切見せることなく、完璧なまでに人々が思い描く聖女に徹していた。

それは素晴らしいことで……しかし同時に、危うさも感じた。

聖女である彼女に人々は頼った。頼り切っていた。何か困ったことがあれば聖女様に相談しよう。

怪我をしてしまったけど、聖女様に見せれば治してもらえる。なんだか不安だから、聖女様の言葉が聞きたい。

そうやって、彼女の存在に頼り……否、縋《すが》っていた。

聖女様も、おそらくは気付いていたはずだ。彼らの心の弱さを知った上で、寄り添う道を進み続けた。

ならば私は、そんな聖女様の支えになろう。そう思って尽くしてきた。

だが、故に私は気付けなかった。聖女様が抱えていた悩みを、彼女が何と戦っていたのかを。

気付いた時にはもう、彼女の命は残り僅かとなっていた。

聖女の力は自らの生命力を代償とする。押し寄せる人々に祈り続けることで、彼女はついに力尽きてしまった。

ベッドで眠る彼女の傍らで、私は涙を流した。

「パルテナ様……どうして貴女はそこまでして……」

他人を助けるのですか？

問いかけても答えは帰ってこなかった。彼女は二度と覚めることのない深い眠りについた。

最後の最後まで、苦しむ人たちを救うために尽力して、自らが倒れてしまったことさえ悔いながら……。

彼女の最期を看取って、私は強く思った。

もしも来世があって、彼女とまた巡り会うことができたのなら——

「その時こそ、彼女の幸せを守る騎士になろう」

いかなる理由があろうと、どんな世界であろうと、彼女の幸せを守ってみせる。

そして彼女が、笑って健やかに生きている姿を……この目で見たいと。

◆◆◆

アレイシアが去った薬室では、アイルとロールが仕事をしていた。元々この部屋は二人が使っていた部屋だった。

彼女が帰路についたのは朝方、すでに夕刻となっている。

「なんか静かになっちゃったすね」

「そうだな」

「やっぱ寂しいっすね……」

「……何度も聞いた」

しんみりした雰囲気が漂う。アレイシアがいなくなり、普段通りに戻っただけだった。しかし彼らにとっても、アレイシアと共に過ごした時間は充実していた。

もっと続けばいいと思っていたのは、彼らも同じだった。

「ロールパイセン。いつ行くっすか？」

「調整するから待っていて……ん？」

「どうしたっすか？」

「いや、少し外が騒がしいような気が……おかしいな。この時間は帰宅する者がほとんどで静かになるはずだが」

二人して薬室の窓から外を見る。

ロールが感じたように、王宮の庭から入り口にかけて人が集まっていた。何か騒ぎが起こっていることを察知して、二人は薬室を出る。

二人は人だかりを見つける。慌ただしく、怪我人という言葉も聞こえた。

「何があったんすか？」

「——アイル様」

「え？」

そこにいたのは、今にも倒れそうなボロボロの身体のエドラドだった。彼は医師らしき人を振りほどき、アイルの下へと駆け寄る。

「ど、どうしたんすかその怪我！　って、先輩は⁉」

「申し訳ありません……アレイシア様が……攫われてしまいました」

「なっ……」

「——なんだと？」

騒ぎを聞きつけてやってきたクラインの顔には、焦りから汗が流れ落ちた。

◇◇◇

どれだけ時間が経っただろう。長い夢を見ていたような気がする。

ポツリと冷たい雫が頬を流れ落ちる感覚に、私の意識は呼び戻される。

「ぅ……こ、こは……」

「お、目が覚めたみてーですぜ、ボス」

聞き慣れない男の声と共に、手足が自由に動かないことに気付く。ロープか何かで縛られているんだ。

混乱する中で状況を整理する。私はユーステッドへの帰路について、その道中で男たちに襲われて……。

つまりここは――

「お目覚めかい？　お嬢ちゃん」

話しかけてきたのは露出の多い服を着た女性だった。そんな恰好でいたら風邪を引きそうだと心配になる服装だけど、本人は気にしていないように見える。

元より心配する必要も義理もないだろう。おそらくこの人も……。

「貴女は誰ですか？」

「知りたいかい？　知ったところで意味ないけどね」

「……」

「なんだいその眼は？　生意気だね」

彼女は勢いよく強引に、私の頬を摑んでくる。

「綺麗な顔しちゃって……ムカつくわね。商品じゃなかったらこの場で男どものおもちゃにしてやったのに」

「しょ、商品？」

「そうだよ。あんたは大事な売り物だ。金になる薬を作れるだって？　おまけに女なら高値で売れるよ」

彼女は私を見ながら舌なめずりをする。今の発言で確信がもてた。間違いなく彼女たちは……。

「海賊？」

「そうだよ。アタシたちは『海の牙』、この海を統《す》べる大海賊さ」

その名前は記憶に新しい。スノーラインの海を牛耳っていて、王国も手を焼いているという海賊の名前だ。

最近になって地上でも活動していると彼が教えてくれた。つまり私はその活動の標的にされてしまったということ。

「ほ、他の人たちはどこですか？」

「ん？　おい、他にもいたのかい？」

「え、ああ、取り巻きの男どもっすか？」

「殺したのかい？」

瞬間、冷たい空気が漂う。

エドラドさんたちの安否を不安に思い、ごくりと息を呑む。無駄だとわかっていながら、祈るしかできない自分が情けない。

「いや、例の薬で動けなくしたんで放置してきました。痛めつけるのもアリだったんすけど、何分あそこ寒くて寒くて。どうせほっといても死ぬし、いいっすね？」

「そう。死んでるなら文句はないわ」

彼らの話を聞いて、私は心からホッとした。

動けないエドラドさんたちに止めを刺されていたら終わりだった。だけど放置してきたのなら大丈夫だ。

彼らには一本ずつ万能薬を渡してある。何かあった時のためにと思って準備しておいたものだけど、あれを飲めば傷も癒《い》える。

致命傷を負ってしまった場合でも、命に別状はない状態までは回復するはずだ。

あとは寒ささえ乗り切ってくれたら……。

「他人の心配なんて余裕だね？　これから自分がどれだけ大変かわかってないのかい？」

「え？」

「そりゃ大変だろう？　あんたみたいなのを欲しがる奴は山ほどいる。特別な才能があって、しかも若い女……金にも快楽のはけ口にもなるなんて最高の商品だからねぇ」

「っ……」

確かに、エドラドさんたちも心配だけど、この状況もどうにかしないといけない。

このままじゃ私は……そもそもここはどこ？

暗くてハッキリと見えないけど、密閉された狭い部屋なのはわかる。どこかの室内だろうか。

いや違う。さっきから緩やかに揺れている。それに水の音も聞こえる。

「……船？」

「なんだ気付いたのかい？　正解だよ。ここはあたしらが使ってる船の中だ。といっても川を移動するための中型船だがね」

「ボス、そろそろ到着だそうだよ」

「どこに？」

海の牙のボスはニヤリと笑みを浮かべる。

「アタシたちの船は別の場所に隠してある。この船は単なる繋ぎなのさ。隠し場所に行って乗り換えて海に出る。そうなったら安全。もちろん、アタシらにとって」

「海……」

今は川を下っているところなのだろう。一度どこかの陸につけて、そこから陸路で航海用の船舶を隠してある地点に向かう。

それが彼らの計画だった。彼女の言う通り、海に出てしまえば捜索の手を躱《かわ》しやすくなる。

その前に見つけてもらわないと、私はこのまま商品として誰かに売られる。

というのに、どうしてだろう？

不思議と不安は少なかった。恐怖はもちろんある。だけど、なんとかなるような気がしていた。それはたぶん、私には頼りになる仲間がいるからだ。

その時、船が大きく揺れる。

「大変だボス！　前方に王国の船がある！」

「なっ、どういうことだい？　なんであいつらが！　まだ一日も経ってないんだよ！　突破は？」

「む、難しいっすね。完全に塞いでやがる」

「ちっ、相変わらずしつこいね。だからって早すぎよ。一体どういう――」

「逆賊ども聞こえるか！」

外から船舶の中に、力強い声が聞こえる。頼もしい声が聞こえて、私の心は期待に満ちる。

「我が名はクライン・リーズベルト！　スノーライン王国第一王子である」

「なっ、王族が動いてるってのかい？」

「ジーク……」

「お前たちが攫った女性を返してもらおう。拒否しても力ずくで取り戻す。彼女に傷一つでも付けようものなら……その命捨てたと思え」

声から、言葉からハッキリと伝わる怒り。彼は激しく怒っていた。顔は見えないけど、きっと眉間にしわを寄せているに違いない。

「どうしやすか？　ボス」

「ふっ、決まってるだろ？　このまま速度を上げて前進だよ」

彼女は不敵な笑みを浮かべる。そして私の腕を掴むと、無理やり引き起こす。

「おら立ちな。さっさといくよ」

「ど、どこに？」

「逃げるに決まってるだろ？　アタシらの目的はあんたなんだ。他はどうなってもいいんだよ」

「どういう……」

まさか……とんでもないことを考える。

さっき彼女は前進と言った。しかも速度を上げて。突破は難しいと言われた後にこの指示を出している。

それはつまり、この船を速度に乗せたまま——

「特大の体当たりだよ！　受け取りな！」

「くっ、自らぶつかりに来るなど」

「陛下！　賊が小型船を使って逃げていきます！」

「なんだと!?」

彼女たちの狙いは、自分たちの船を王国の船体にぶつけることで時間を稼ぎ、その隙に船内に格納していた小型船で陸まで逃げるというものだった。

私は彼女たちに引っ張られ小型船に乗り込んでいる。

「王族が出てくるなんて意外だったけどね！　それだけこの女の価値が上がるってもんだよ！」

「くそっ！　今すぐ追うんだ！」

「なりませぬ。小舟を出すための口が塞がれました。浸水も進んでおります。先ほどの一撃で負傷者も出ています。今追っても逃げられます！」

「このまま放置しても逃げられるだけだ！　なんとしても追え！」

ジークの怒声がここまで届いている。

おそらく王国側は海の牙が隠す船の場所を知らない。知っていればそこを抑えて待ち伏せたはずだ。

逃走経路からこの川を割り出し出張っていたのも、ここで捕まえる以外に選択肢がなかったから。

海の牙のボスもそのことに気付いていた。だから船を捨ててでも陸に逃げることを選択した。

「くそっ、私はまた――」

「はっ、残念だったわね！　あとは海に出ちまえばこっちのものよ！」

小型船が陸地に到着し、私も無理やり引っ張られながら連れ出される。王国の船は未《いま》だ川の中央にある。

このまま陸路に逃げられたら捜し直しになる。

「――だが、ここはまだ陸の上だぞ」

「なっ……」

ジークが駆けつけてくれた時、期待と共に別の感情もあった。彼じゃないのかと……失礼な気持ちが僅かに浮かんでしまったんだ。

私がピンチの時、助けを求めている時、手を差し伸べてくれるのはいつも――

「ラルク！」

「よぉ、アレイシア。遅いから迎えに来たぞ」

彼は笑う。いつもの優しい笑顔を見せる。途端に瞳から涙がこぼれる。また会えた喜びで。

「な、なんなんだあんたら！」

「俺の名はラルク・ユーステティア。ユーステッド王国第二王子」

「な、お前も王子……しかも隣国の？　どうしてこんなところにいる？」

「そんなの決まっているだろう？」

ラルクは腰の剣を抜く。

いつになく真剣に、静かな怒りをあらわにして。

「彼女が俺にとって、命より大切な人だからだ」

「ラルク……」

彼は剣を構える。海の牙の皆が、彼とその一団に気を取られていた。その一瞬に気付いた私は、私を抱えていた彼女の腕にかみつく。

「っ、何しやがんだ！」

「うっ！」

振りほどくと同時に私は吹き飛びその場に倒れ込む。すかさず踏みつけようとする彼女を、ラルクの剣が止める。

咄嗟に跳び避けた彼女に切っ先を向けながら、ラルクは私を守るように立つ。

「彼女を傷つける者を俺は許さない。覚悟するんだな……」

「くっそ……くそがああああああああああ」

その後の展開は、非常に呆気ないものだった。逃げようとする海の牙を、ラルクが連れてきた騎士たちが食い止め、その間にスノーラインの騎士が船から降りて合流したことで挟み撃ちの形になる。

数で圧倒した両陣営は瞬く間に海の牙を制圧してしまった。時間にして、二十分も経っていなかった。

拘束された海の牙のボスは、散々な恨み言を吐き捨てて連行されていく。それを見送る私の頰は少しだけ赤く腫れていた。

ラルクが優しく腫れた頰に触れる。

「ごめんな、アレイシア。お前に怪我をさせるなんて……」

「ううん、これくらいすぐ治るよ。ありがとう、助けてくれて」

私の頰に触れる手を、私の手が上からそっと包むように触れる。ラルクの手は大きくて優しい。そして、とても温かい。

こうして触れているだけで、安らかに眠ってしまえそうなほどに。

「でも、どうしてラルクがここにいるの？」

「ああ。実はちょうど、国境沿いにある街に視察で訪れていてな。そこにお前につけた護衛の騎士が駆け込んできたんだ」

ラルクの話によれば、私を守っていた騎士のうち一人が馬に乗って街に訪れ、彼に事情を説明したそうだ。

エドラドさんはレアレスへ行き、残る三人が海賊たちの動向を追う。雪の跡でどちらに向かったのかは簡単に掴めただろう。

そうしてラルクは近場の兵を集めて現場に向かい、レアレスからも兵が出された。

「運がよかったよ。偶々《たまたま》近くにいたおかげで間に合った。そうじゃなかったら今頃大変なことになってた」

「そう……かな」

大変なことには、ならなかった気がするよ。

こうして彼が助けてくれたように、たとえ近くにいなくとも、彼は私を助けてくれたと思う。根拠のない自信が、私の心を包み込む。

「とにかく無事でよかった。向こうの国の人たちにも礼を言わないとな」

「うん」

そう話しているところへ、もう一人の王子様が歩み寄ってきた。ジークが……うん、クライン殿下が神妙な顔つきで私たちの前に立つ。

「お久しぶりですね、クライン王子。許可なく国境を越えてしまい申し訳ない。彼女を助けるために――」

ラルクが話す途中で、クライン殿下は深々と頭を下げた。突然のことで私とラルクは目を丸くして驚く。

クライン殿下は深く頭を下げたまま、深く染みるような声で言う。

「……ありがとう。彼女を助けてくれて」

「頭を上げてください、クライン王子。我々は当然のことをしたまでです」

「それでも、感謝を。ラルク王子が間に合わなければ、私は彼女を守ることができなかった。本当に……ありがとう」

ラルクに対して頭を下げている彼を、ユーステッドとスノーラインの兵たちが見ている。みんなの表情には戸惑いが感じられた。

私とラルクは互いに顔を見合わせる。するとクライン殿下は頭をあげて、私たちに向けて言う。

「場所を移しましょう。少し、お話がしたい」

◇◇◇

「――えぇ!? つまりクライン王子も、君と同じ生まれ変わりなのか?」

「そうだよ」

「はい」

飛びきり驚いた顔をするラルク。私たちは川辺に停泊し修理中の船の一室で向かい合って座っている。

私から事情を説明すると、ラルクは信じられないと大きなため息をこぼした。

「いや、アレイシアがそうなんだから、他もありえるのか。しかし驚いた」

「私もびっくりしたよ」

「ええ、私もです」

このまま昔話に花を咲かせる……という雰囲気ではなかった。少し重たい空気の中で、数秒間の静寂を挟み、クライン殿下が口を開く。

「ラルク王子は、パルテナ様……いえ、アレイシア様の婚約者なのですね」

「あ、はい。その話もしてるんですね」

「ええ、アレイシア様に伺いました。私が……彼女をこの国にお誘いした際に」

「え……?」

ラルクは眉をわずかに動かして動揺を見せる。チラッと私のほうにも視線を向けて、本当なのかと訴えかけてくる。

「申し訳ありません。出過ぎた真似だったと……反省しております」

「あ、いや……どうして彼女を？」

「私が、アレイシア様の騎士だったからです」

と、一言で返したクライン殿下は、少しだけ悲しそうな顔をしていた。

彼は国のトップとしてではなく、個人として私を国に招き入れようとした。だけど私は……それを断った。

「ハッキリと断られてしまいました。その時の理由に、ラルク王子。貴方のお名前を聞いたのです」

「俺の？」

「ええ」

私とクライン王子は目を合わせ、思い出す。あの夜のことを。

◇◇◇

静かな部屋で二人。彼は私に、この国に残ってほしいという本音を告げた。彼の本気の想いが伝わってくる。

彼とは千年前に共に生きた間柄で、もちろん信頼している。彼が守ってくれるというのは心強いだろう。

それでも私は、その手を取ることはできない。

「ごめんなさい。嬉しい申し出だけど、それはできないよ」

「なぜです？　私では……不服ですか？」

「ううん、そうじゃない。クライン殿下の……ジークのことは信頼してる。聖女だった頃の私を支えてくれた。昔も、今も感謝してるんだ」

「ではどうしてです？」

彼は縋るような目で私を見つめる。少し心苦しい。彼の想いを知りながら、それを拒絶することが……だけど、隠すことこそ失礼だ。

彼が本心を語ってくれたのなら、私もこの胸に宿る想いを伝えなければ。

「……大切な人が、ラルクがいるからだよ」

「ラルク、ラルク王子？」

「うん。私の国の王子様で、私の婚約者なんだ」

それから私は彼が千年前の出来事を知っていることや、これまでの道のりをジークに語って聞かせた。

千年前の一生には満たない……しかし深く、大切な思い出の数々を。

「私は……もっとたくさんの人を助けたくて薬師になったんだ。でもそれだけじゃなくて、聖女じゃない普通の生活にも憧れていた」

「パルテナ様……」

いろいろなことが起こって、本当に大変で……慌ただしい日々だった。普通ではいられない瞬間だってあった。

過去の自分と、今の自分について考えさせられることだって。そんな時、彼がいつも一緒にいてくれた。

困っている時には手を差し伸べてくれる。楽しい時には一緒に笑い合ってくれる。どんな時も、いかなる時も、彼は私の隣にいてくれた。今でも、私の心には彼が寄り添ってくれている。

だから私は寂しくないし、頑張ろうと思える。

彼のことが好きだから、大切だから。

「彼が私を支えてくれた。だから私も、彼を支えられる人になりたい。そのために、彼の隣を歩いていきたい。それに……」

ラルクだけじゃない。あの国には私の仲間たちがいる。共に励み、研鑽し合った頼れる人たちがいる。

もうとっくにお客さんじゃない。ユーステッドの王国は、あの王宮は私が変えるべき場所で――

「私の居場所は、あの国にあるんだ」

これが私の本心で、揺るがない大切な思いだ。

◇◇◇

「正直に言うと、悔しかった。私こそが彼女を守れると……信じていたから。ですが、お二人を見て納得しました」

クライン殿下は私たちを見て呆れたように笑う。

「私は、過去の失敗を悔いるばかりで、それに拘《こだわ》っていた。私が見ていたのは過去の彼女だけで、今の……アレイシア様を見ていなかった。彼女が望むものを……ちゃんと見るべきだったのに」

「クライン王子……」

「お二人は支え合っている。距離が離れても、心が隣にある。私の忠誠は本物です。ですがお二人は、想い合っている。お互いに……ラルク王子の話をするとき、アレイシア様は本当に楽しそうでした。それが悔しくもあり、嬉しくもあった」

彼の複雑な心境は表情にも表れていた。彼は心から私の幸せを望んでいる。そしてそれは、すでに叶っていたのだと。

それを知った彼は喜ぶと同時に、幸せを与えた者が自分ではなかったことに悔しさも感じていた……のだと、しみじみと語ってくれた。

「ラルク王子、貴方が彼女を、アレイシア様を想う理由はなんですか？」

「想う理由？　そんなの、好きだから、以外にありませんよ」

「……ふっ」

彼は小さく微笑む。

「やはり、私では敵わないはずだ」

今の一言を聞いて、彼の中で何かが吹っ切れたのか。暗い表情は一変して、明るい笑顔を見せる。

「ラルク王子、どうか彼女のことをお願いいたします！　共に生き、共に笑い合い、幸せになってください」

「――はい。それは俺にとっても望むものですから」

ラルクとクライン殿下、二人の王子は視線を合わせ、内に秘めた想いを通じ合わせている。

そして、続けてクライン殿下は私と目を合わせる。

「アレイシア様、どうか今世は、貴女自身の幸せを」

「……うん。ねぇ、ジーク」

かつての彼の名を呼ぶ。

彼はもうジークではない。だから、この名前を口にするのは最後にしよう。今だけは特別だ。

「千年前の私を支えてくれてありがとう。ずっと言えなかったけど、貴方が一緒にいてくれたおかげで、私はとっても幸せだった」

「――っ、そう……ですか」

これも、紛れもない本心だった。

彼の瞳からは大粒の涙がこぼれ落ちる。

「ありがとう……ございます。その言葉だけで……私は幸せです」

「こちらこそ……だよ」

前世の想いと、今世の想い。二つが繋がり、重なり合う。千年の時を超えて、私と彼の想いは、ようやく繋がった。

幕間

恋人の時間

薬室の椅子に座ったエドラドさんが上着を脱ぎ、上半身を見せる。傷跡は残っているものの、完全に塞がっていることを確認した。

「傷もすっかりよくなりましたね、エドラドさん」

「はい。アレイシア様や王宮の医師のおかげです」

スノーライン王国から帰還して早一か月が経過した。万能薬開発以上に大変なことが起こったのも、今となっては一つの思い出になっている。

あの日、私を守るために戦い負傷したエドラドさん含む五人の騎士たちも、医師の懸命な処置によって回復していた。

重傷を負った彼らだったが、渡していた万能薬を服用したおかげで大事には至らなかった。もし薬がなければ、あの場で凍死していただろうと医師は言う。

彼らは週に一度、王宮の医師の検診を受けてからここにやってくる。彼らに薬を渡すのが私のお仕事だ。

上着を着直すエドラドさんに、私は薬の入った袋を手渡す。

「はい。これが今週の分です。傷口はもう塞がっているので、痛み止めだけです」

「ありがとうございます。助かります」

万能薬は傷の回復にも効果はある。ただし、痛みを和らげる効果はない。倦怠感《けんたいかん》や精神的な苦痛に関しても効果は薄い。

あくまで病や怪我の原因に効果を発揮する薬だから仕方がないとはいえ、まだ改良の余地はありそうだと思っている。

「アレイシア様のほうはお変わりありませんか？」

「はい。おかげさまで普段通りの毎日です」

「そうですか。帰国後は大変でしたからね」

「そうですね。あははは……」

帰国した私を、システィーや同僚たちが出迎えてくれた。彼女たちにも私が攫われたという話は届いていて、酷《ひど》く心配させてしまったようだ。

身体に異常がないか検査して、しばらく休養を取るようにと室長にも言われ、数日は部屋からも不用意に出られない。

起こったことが大事件だったとはいえ、少々窮屈ではあった。

「部屋にいるだけだと退屈なので、こうして仕事をしているほうが落ち着きます」

「自分もです。ようやく仕事に復帰できます。また鍛え直さないと」

「無理はしないでくださいね。病み上がりなんですから」

「ははっ、そうはいきません。私はもっと腕を上げなければ。次に同じことが起こっても、必ずお守りできるように」

エドラドさんは力強い目つきで拳を握る。彼らは私を守れなかったことを気にしている。気にしなくていいと言っても無駄なことは察した。

国に戻ってすぐの頃は何度も謝られたから。ただ、彼らは落ち込むばかりではない。次に同じ失敗を起こさないように、騎士としての研鑽に励んでいる。

これも一つの、人間がもつ強さだろう。

「随分と楽しそうだな」

「殿下！」

「ラルク」

二人で話をしていると、唐突にラルクが窓から顔を出した。私は慣れているから驚かない代わりに、エドラドさんが驚きピシッと立ち上がる。

「どうしたの？　まだお昼なのに珍しいね」

「偶然通りかかったら話し声が聞こえて覗いたんだよ。エドラド、もうすっかり回復したな」

「はい！　万全です」

「ならいい。訓練に参加できるようになったら相手をしてくれ」

ラルクがそういうと、エドラドさんは右手を胸に当て、ぜひと大きな声で応えていた。それから彼が薬室を去った代わりに、ラルクが窓から入ってくる。

「仕事中に邪魔して悪いな」

「ううん、少しくらいなら平気だよ。ラルクは？」

「俺も。またすぐに戻らないとだけどな」

「そっか」

私が帰国してからラルクは忙しそうだった。主に彼が捕らえた海の牙の件で、スノーライン王国と幾度か話し合いの場が設けられたという。

今回の一件は、お互いの国同士がより親密になるきっかけでもあり、次なる犯罪への警戒を深めるよい事例になった。

「なぁアレイシア、さっき……」

「ラルク？」

「いやなんでもない。ところで、明日って休みだよな？」

「え、うん、そうだけど」

ラルクは警戒しながら私に言う。

「もし予定がなかったら、明日は俺と一緒に過ごさないか？」

「ラルクと一緒に？」

「ああ。戻ってからも慌ただしくて一緒にいる時間もとれなかったから。たまにはゆっくり……二人で、と思って」

「——もちろんだよ」

それは願ってもない。彼からのデートのお誘いだった。

◇◇◇

あっという間に時間が過ぎて、約束の日の午後。

私は普段よりちょっぴりおしゃれをして彼のことを待っていた。

「おまたせ、アレイシア」

「ラルク」

そこへ彼が駆け足でやってくる。

「待たせたか？」

「ううん」

「ならよかった。今日は……なんだか普段より可愛いな」

「そ、そう？」

さっそく気付いてもらえた嬉しさで、思わず口元が緩んでしまう。あまり可愛いとか言われるのは慣れていない。だから余計に恥ずかしい。

そんな私の手を、彼はそっと優しく握る。

「行こうか」

「うん」

私は彼に手を引かれて歩き出す。

今日の予定は特に決まっていない。どこへ行きたいとか、何をするかは歩きながら考えることにした。私たちにはそれが合っている。

特に最近は忙しくて、毎日が慌ただしかった。お互いに考えさせられることも多くて頭も疲れている。

だから今日くらい、何も考えず穏やかに、のんびり過ごしたいと。二人の意見は一致していた。

私たちは街へと出る。

「この時間は人も多いし、大通りは避けたほうがいいな」

「そうだね。ラルクに人が集まってきちゃうよ」

「俺だけじゃないと思うけど、まっ、そうなったらゆっくりできないからな」

「うん。ゆっくり行こう」

時間は十分にある。それに私は、こうして彼と手を繋いで歩いているだけで、とても幸せな気分になれるんだ。

私たちは人混みを避け、街の外れまでやってくる。ここまで来ると人目を気にしなくてもいい。

古い建物が多い場所で、何軒かは空き家になっているみたいだった。

「王都にもこんな場所があるんだね」

「ああ。中心から外れているし、ここは建物も古い。あそこの教会とか、俺が生まれるずっと前からあるんだぞ」

彼が指をさした教会は、古くなって現在は使われていない。私たちはなんとなくその教会に立ち寄る。

誰も使っていないにしては綺麗に掃除されていた。近所の人が掃除してくれているのだろうか。

元聖女としては、こうして教会が綺麗に保たれているのは嬉しい。

「懐かしいなぁ……教会」

「昔のことか？」

「うん。昔……あの頃は教会が家みたいなものだったからね。ジークと一緒に、教会で過ごしてたんだ」

教会の中の作りはいつの時代も似ている。だから懐かしさが込み上げる。

「ジーク……クライン王子か」

「うん。改めて思うとすごいことだよね。同じ時代に生まれ変わって再会できるなんて！」

「……そうだな」

「ラルク？」

なんだか少し元気がないように見える。心配になった私は彼の顔を覗き込む。すると彼は私に目を合わせて言う。

「正直言うと、ちょっと嫉妬してた」

「え？」

「クライン王子に……彼は、俺が知らないお前を知ってる。俺よりも長い時間を過ごしてる。そう思うと……いろいろ考えるんだ」

彼の言葉から、小さな声から不安が溢れ出ているのが伝わる。彼は嫉妬だと言ったけど、きっとそれだけじゃなくて……。

悲しそうな彼の顔を見ていると、私まで悲しくなる。だから私は、彼の手をぎゅっと握りしめた。

「アレイシア？」

「私が好きなのはラルクだよ」

聖女だった頃の私は恋を知らない。知る暇もなかったから……それだけじゃなくて、理解できなかったんだ。

好意という言葉は知っていても、本当の意味で理解はしていなかった。恋を知らないとは、恋をしていなかったという意味でもある。

そんな私が恋を知った。

ラルクと出会って、生まれて初めて誰かを愛する気持ちを理解した。

「私の初恋、私の一番……それがラルクなの」

「アレイシア……」

「ねぇラルク？　私はもう聖女パルテナじゃないよ？」

「……そうだな。お前は、アレイシアだ」

昔のことは昔のこと、一つの思い出であって、あれは聖女パルテナとしての大切な日々だ。

生まれ変わった私はアレイシアとして生きている。聖女ではなく薬師《くすし》として、彼の隣を歩く一人の婚約者として。

「思い出なら、これからいっぱい作ればいいよ。時間はたっぷりあるんだから」

「ああ、その通りだよ。作ればいいんだ。誰にも負けないくらい……二人だけの大切な思い出を」

「うん」

「だから、これも――」

私たちは肩を寄せ合い、唇を合わせる。

これも一つの、大切な思い出になる。

第四章
天変地異

今ある幸せが当たり前だと思ってはならない。

今日があるなら明日がある。明日があれば明後日もある。それが普通だと多くの人は思っている。

だけど、世界は恐ろしいまでに平等だ。人々がどう思おうと関係なく、大自然はあるがままに芽吹き、動く。

広い世界の中で、人というものはどうしようもなくちっぽけだ。だからこそ、常に考えるべきなんだ。

幸せな日々を続けるために、自分たちはどうすべきなのか。悲劇はいつ起こるかわからない。そうなった時、また日常に戻れるように。

ゴトゴトゴト――ゴン。

僅かな揺れが薬室の小瓶を前後左右に揺さぶる。

「あ、また揺れましたね」

「そうだね。今回は小さかったかな」

「ですね。なんだか最近多くなりましたね、地震」

薬草をすり潰しながらシスティーがそう呟く。私がスノーラインから戻って三か月が経過した頃から、今のような地震が起こるようになった。

最初は一週間に一度とかだったのが、最近では日に何度も起こるようになっている。

時には棚の物が落ちてくるほど大きな地震もあった。おかげで薬室の床に薬が大量に転がって、掃除が大変だった。

「嫌ですよねー地震ばっかり！　今朝だってこれに起こされたんですよ？」

「災難だったね。それはそれとして、システィー」

「はい？　なんですか先輩？」

「あのね？　いい加減自分の薬室で仕事したほうがいいと思うよ」

システィーは自然な感じで私の薬室にいる。だけど彼女はもう私の助手じゃない。

正式な宮廷薬師《くすし》になり、先日ようやく引っ越しも終わり、彼女の薬室が提供された。つまり、ここで仕事をする理由はなくなっているはずだった。

にもかかわらず、彼女は毎日のように私の薬室に顔を出して、そのまま仕事をしている。

「いいじゃないですかぁ～　ここのほうが落ち着いてお仕事できるんですよ。先輩の邪魔はしませんから！」

「そういうことじゃないよ。もう、見つかったらまた室長さんやレン君に怒られるよ？」

「大丈夫です！　その時はちゃんと謝ります！」

「謝ってもダメだって……」

そうは言いつつも、私も彼女が一緒にいてくれるほうが落ち着く。一年近く一緒にいたこともあって、彼女が同じ部屋で仕事をしているのが当たり前になった。

私のほうが弟子離れできていないな…まったく困ったものだ。

「それにほら！　最近地震とかいろいろ怖いじゃないですか！　何かあったときのために一緒にいたほうが安全だと思うんです！」

「あー、それはそうかもね。一人じゃもし棚の下敷きになっても出て来られないし」

「そうですよ！　先輩は私が守ります！」

「ふふっ、ありがとう。それにしても、本当に多いね」

元々ユーステッド王国では地震が珍しい。私も数年王都で生活する中で、地震を経験したのは今回が初めてだった。

以前にラルクにも聞いたら、地震なんて数年に一度起これば多いほうだと言う。

加えて最近は、空模様もよろしくない。

「天気も悪いですよね。毎日雨だし、昨日も今日も雷が鳴ってますよ」

「そうだね……」

「本当にどうしたんすかね。まさか！　天変地異の前触れだったりして……神様が怒ってるとか！」

「それは……どうなのかな」

大自然と神様の繋がりはある。聖女だった頃の私は、神様の意思を聞くことができたからよく知っている。

もっとも自然災害がそのまま神様の怒りだとは言えない。神様と自然は繋がりがあるだけで、完全に一つというわけではないから。

どちらにしろ、今の私にはわからない。聖女なら……ミランダさんならわかるかもしれないけど……。

直感でしかないのだけど、違うような気がする。神様は慈悲深く思慮深い。意味もなく災害を起こしたりは決してされない。

逆にもし、これが神様の意思だというのなら……。

「どんな意味があるのかな」

「ホントですよね～　洗濯物乾かないから早く晴れてほしいですよ」

「あははは……それは困るね」

かみ合っているようでかみ合っていない会話に思わず笑ってしまう。システィーは大きなため息をこぼして言う。

「まぁでも、収まるのを待つしかないですよね」

「うん」

そう、私たちにできることはない。少なくとも、今の私には……。

今の私は薬師だから、薬を作ることがお仕事だ。私とシスティーは薬の調合を再開しようとする。

その時だった。

一筋の光が、王都の空を駆け抜けたのは——

「空が光って――」

「う、うわぁ！」

直後、轟音が鳴り響く。

地震とは異なる振動が薬室を襲い、私たちは咄嗟に屈む。

「痛たたぁ……」

「システィー、大丈夫？」

「はい。ビックリして尻もちついただけですから」

怪我をしてないことを確認してホッとしつつ、彼女の手を取って引っ張り起こす。

今の揺れでテーブルの上にあった書類や素材が床に落ちてしまった。拾い上げなきゃいけないけど、私たちの興味は窓の外へ向く。

「さっきの、雷が落ちたんですよね」

「そうだと思う。しかもかなり近かった。もしかしたら王都のどこかに……」

嬉しくない予感が脳裏に過《よぎ》る。その頃から、王宮の廊下が慌ただしくなった。バタバタとたくさんの足音が聞こえる。全員が走っている。

そして、そのうちの一つが私たちの薬室に。

「アレイシアいるか！」

「ラルク？」

「ラルク殿下⁉」

薬室にやってきたのはラルクだった。ノックもせず強引に扉を開けたことが、彼の焦りを物語っている。

彼は息を切らしながら、私の顔を見てホッとしたように呼吸を整える。

「すまない、急に押しかけて。さっきの音は聞こえていただろう？」

「うん、雷だよね」

「ああ。さっきの雷が王都に落ちた。煙も上がっている」

「そんな……」

脳裏に過ったよくない予感が的中してしまったらしい。一瞬だけ走った雷は、王都の商店街に落ちたらしい。

「おそらく相当な被害だ。宮廷薬師も現場に向かってほしい。頼めるか？　アレイシア」

「もちろんだよ。システィーも一緒に来て」

「了解です！」

私たちは慌てて準備をしてから現場に向かう。医師ではない私たちでも、その場で応急処置くらいはできる。

必要なら薬品を提供することだって可能だ。万能薬も、調合済みのものをあるだけ持っていく。この薬が完成した今ならやれることは多い。

一人でも多くの人を助けるんだ。

あの頃のように、聖女でなくなった今でも。

◇◇◇

私たちは豪雨の中、現場に急行した。依然として空はゴロゴロと猛獣のような唸り声を響かせている。

二度目の落雷にも警戒しつつ、外にいた住民にも建物の中へ避難を訴えかける。落雷の危険はあるが、直接当たるより建物の中のほうが安全だ。この豪雨の中で外にいるのは二次的被害の危険性もある。

慌ただしい中でようやく現場に到着する。

雨のおかげですでに火の手はなくなっていた。しかし、落雷によって一部の建物が倒壊し、露店が押し潰されている。

大量の瓦礫がそこかしこに散乱して、地面を流れる水には血が混じっていた。

「ひどい……」

システィーも惨状を見て絶句する。気持ちはわかるけど、立ち止まっているだけじゃ誰も救えない。

「システィー！　あっちに負傷者が集められてる。行くよ」

「は、はい！」

壊れていない建物の中に、落雷で負傷した人たちが担ぎ込まれていた。負傷者の数はパッと見ただけで三十人以上はいる。

商店街の中心で起きた災害。本来ならもっと多くの負傷者が出ていてもおかしくない。この豪雨で出歩いている人が少なかったのが幸いだった。

負傷の度合いもそれぞれで、軽傷な人から頭部を強く打って昏睡状態の人までいる。全員を見てはいられない。

重傷な人を優先してもってきた万能薬を提供する。軽傷の人には応急処置で対応する。

王宮の医師や医療関係者はみんな優秀だ。自分のすべきことを的確に判断して、最善を尽くしている。

「システィー、薬の残りは？」

「残り三本です」

「ギリギリ足りそうだね」

「はい。でも……」

システィーは不安げに辺りを見渡す。

普段なら栄えている商店街が、がらっと人一人いない。降りやむことのない雨の音と共に、苦しみ痛みを耐える声が聞こえる。

慣れていない人にとっては、とてもショッキングな光景だっただろう。

「本当に……天変地異の前触れじゃ……ないですよね」

「……わからない」

今はまだ。

そうではないと、祈ることしかできない。

◇◇◇

「今週に入って五件……増えてるね」

室長さんが報告書を眺めながら険しい表情を浮かべる。落雷の一件が起こってからさらに一か月が経過した。

未《いま》だ悪天候は続いており、地震や落雷などの自然災害も頻発している。それによる被害も増え続けていた。

「落雷に地震、川に面している街は洪水の被害も出てる。山のほうでは地盤が緩んで土砂崩れが起こってるって報告もあるね」

「もっとも深刻なのは地震ですね。また回数が増えています。それに揺れの規模も徐々に強くなっている」

「レンの言う通りね。古い建物なんかも崩れ始めてるみたいよ」

「せ、先輩……」

いつになく不安げな顔でシスティーが私を呼ぶ。ここ数日、毎日のように怪我人が運び込まれている。

王都だけではなく、ユーステッド王国全土で同様の被害が出ていた。いいや、事態は私たちの国だけにとどまらない。

隣国スノーラインでも自然災害による被害が出ているそうだ。互いに友好国のピンチに協力したいが、自分たちのことで精一杯でそれどころではない状況だという。

そのせいで、ラルクも毎日忙しそうだ。

あの落雷があって以降、彼とはほとんど話す機会がない。王子として街の視察に出ることが多く、王都にいない時間が増えた。

会えないのは寂しい。だけど、この状況では仕方がないし、寂しいなんて思うのはいささか贅沢だとわかっている。

「いつまで続くんですか……こんなの……」

「それは私にもわからないわ。原因なんてものがあるなら、それを取り除くしかないんでしょうけど……」

「自然災害です。文字通り、自然に収まるのを待つしかないと思います」

レン君の言う通り、待つしかない。大自然に対して、私たち人間は本当に無力なんだ。やれることは、これ以上の被害が出ないように備えること。

今はただ、耐えるしかない。

慌ただしい日々は続く。

大変なのは私たちだけじゃない。むしろ、彼女こそもっとも過酷な日々を送っている。

「ミランダさん、お身体の調子はどうですか？」

「昨日と変わらないわ」

「そうですか……」

自然災害が頻発するようになってからも、ミランダさんには毎日私のところに身体の状態を見せに来てもらっている。

その理由は……。

「ミランダさん、今日もかなりお力を使われたのですか？」

「ええ。昨日より増えているわ」

「……そう、ですか」

「仕方がないでしょ？　今はこうするしかないのよ」

こうなれば必然なのだけど、聖堂に訪れる人の数が一気に増えているそうだ。外の状況を考えると、聖堂にやってきた人を無下にはできない。

今までのように、聖女の力じゃなくても大丈夫だからと、他へお願いすることも難しくなった。

なぜなら人々は、こうした絶望的な状況でこそ聖女の力に頼る。かつての私が見てきた光景が、現代にも再現されようとしていた。

私は、ミランダさんに無理をしてほしくない。聖女だった身として、同じような最期を迎えてほしくないから。

ただ、今の状況では、私の個人的な感情よりも人々の期待が優先される。困っている人がいれば助けずにはいられない。

そう思うのは聖女として当たり前のことだった。


何もかもがよくない方向に進んでいる。

天災によって生じた不安は伝播して、世界中に広がっていく。ユーステッド王国やスノーライン王国で起こっていることは、今や世界中でも同様の事態に陥っていた。

世界各地で、救いを求める声があがっている。これは神様の怒りだと、災いの序章だという声も少なからず聞こえてくる。

不安が恐怖を煽り、人々の心を暗く閉ざす。

せめて日の光を浴びれば気持ちも晴れそうだが、もうひと月以上、私たちは太陽を見ていなかった。

悪天候の影響を受けるのは人だけではない。むしろ、同じ自然の一部だからこそ影響を受ける。

洪水で畑が水没してしまったり、順調に育っていた植物が軒並み枯れてしまう事態も多発していた。

それはそのまま、私たち人の生活に直結する。植物が育たなければ、それらを食べる動物が飢える。

天災は生態系へ大きなダメージを与えていた。

いつか終わるだろう……それが今や、いつ終わるのだろうという後ろ向きな思いに変化している。

日に日に増え続ける被害に対処していくうちに、私たちの精神も疲弊していた。

一日の仕事を終えた私は、薬室の時計を見た。

定刻はとっくに過ぎている。最近は夜遅くまで残って仕事をすることが増えた。

一緒に仕事をしていたシスティーも、効率のために自分の薬室で仕事をしている。

あまり顔を合わせる機会も減って、少し心配だ。

それに私も……。

「ラルク……」

トントントン――

扉をノックする音が聞こえた途端、私は期待した。

「どうぞ」

その期待に応えるように、彼は扉を開けて姿を見せてくれる。

「ラルク」

「アレイシア。久しぶり」

「うん……」

思わず泣きそうになってしまった。彼とこうして、ちゃんと顔を合わせるのはいつぶりだろうか。

廊下ですれ違うことはあっても、話をするような余裕はなかった。お互いに多忙の身、息つく暇もない。

「元気だったか？」

「……うん。ラルクは？」

「見ての通りだよ。どこも悪くない。身体はいつも通りだ」

身体は、とわざわざつけた意味が私には痛いほどわかる。私も、身体はどこも悪くない。疲れはあっても、怪我や病気はしていない。

そういう意味では元気だった。だけど……。

「……寂しかったか？」

「うん。寂しかった」

それが私の本音で、口に出さないように耐えていた弱さだった。

辛く苦しい時こそ、大好きな人に会いたい。恋をした人は、自然とそう思ってしまうのだと実感した日々。

会いたい……でも、お互いにやるべきことがある。だから我慢しよう。これが終わればまた穏やかな日々に戻れるから。

いつか必ず……いつ？

「本当は、こんなこと思ってる場合じゃないってわかってるんだけど……寂しいのはダメだね」

「ああ、俺もだよ」

私の寂しさを包み込むように、彼はそっと手を引き抱き寄せてくれた。

彼の温もりが、優しい力が私の心を穏やかにする。堪《こら》えていた寂しさが溢れ出て、それを全て掬《すく》い上げるように。

「寂しい思いをさせてごめんな」

「ううん、仕方がないよ。みんな大変なんだから」

「ああ……」

「ねぇラルク、いつ……元に戻るのかな？」

これが無意味な質問だという自覚はある。そんなことわかるはずがない。誰にも、彼にも、私にも……。

「わからない」

「……ごめん」

「謝るなよ。不安なのはわかるから」

「……うん」

前世の、聖女だった頃の私だったら、きっと弱さを見せなかった。たとえジークが相手でも、毅然《きぜん》と振る舞っていたはずだ。

私は弱くなってしまったのだろうか。ラルクの傍《そば》が何より安心できる。弱さを吐き出せてしまう。

それはきっと悪いことじゃない。ただ……情けなくもある。支えられているだけの自分が、歯がゆい。

「アレイシア。どれだけ続くかわからないけど、もう少しだけ頑張ってほしい。俺も一緒だから」

「……うん。頑張るよ」

彼が支えてくれている。だから、私も彼を支えられるように。

私にできることを精一杯やろう。そう、改めて決意した時、私たちを最大で最悪な試練が襲った。

最初は小さな揺れだった。

「また地震……」

「ああ。でも小さい……いや、これは――」

揺れがどんどん激しさを増していく。棚の小瓶たちが音を鳴らし始め、テーブルの上の物が左右に落ちる。

この時点でもう、立っていられないほどの震動が私たちを襲う。

「こっちだアレイシア！」

「うん！」

私の手をラルクが引っ張り、テーブルの下で身を屈める。揺れはさらに激しさを増して、棚の薬品が落下してくる。

地震が続いたから壊れにくい素材に変更しておいてよかった。落下した小瓶はヒビこそ入っていても中身は漏れていない。

地震はまだ収まらない。十秒、二十秒……まさか永遠に続くのかとさえ思う時間揺れ続け、ようやく弱まる。

「収まった……のか？」

「たぶん。けど、今の地震今までで一番……」

「ああ、大きかった。明らかに揺れの規模が桁違いだ」

あまりのことに私たちは身体を寄せ合いながら沈黙する。しかしすぐ、事態の緊急性に気がつく。

「みんなは大丈夫かな⁉」

「わからない。街も気になるが、先に王宮の皆が無事か確かめよう」

「うん！」

「アレイシア」

先にテーブルから起き上がり、ラルクが手を差し出す。私は彼の手を取ってテーブルの下から抜ける。

薬室の床には物が散乱し、足の踏み場もない。貴重な薬品も中にはあるけど、今はそれより大切なことがある。

「システィー……みんな……」

どうか無事でいてほしい。その思いがラルクの手を握る力を強める。

「大丈夫だ。この建物はしっかりしてる」

「……うん」

そうして私たちは薬室を出た。時間は夜遅く、普段ならほとんどが帰宅している。しかし続く災害に対応するため、今は半数以上が王宮に残っていた。私が最初に向かったのは彼女の薬室だった。

一番近いからというのもあるけど、何より心配で仕方がなかったから。

「システィー！」

勢いよく薬室の扉を開ける。私の薬室と同じように、床には薬品や資料が散乱していた。

パッと見ただけではシスティーの姿はない。

「システィー？」

「こ、こっちですぅー！」

声が聞こえた。棚の本が床に落ちている場所が盛り上がっている。うぅーという声と共に、ゆっくりと本の山が盛り上がっていく。

「ぷはっ！　死ぬかと思いました」

「システィー！　無事でよかったぁ」

「先輩！　ラルク殿下も一緒だったんですね！」

「ああ、偶然な。怪我はないか？」

ラルクが質問すると、システィーは自分の手足を一か所ずつ確認して、ぶんぶんと腕を回し、足を曲げ伸ばしする。

「大丈夫みたいですね」

「そうか。アレイシア」

「うん」

本当によかった。彼女に何か起こったら、きっと私は冷静ではいられない。彼女の無事にホッと胸を撫でおろす。

「すごい地震でしたよね。他の皆さんは大丈夫なんでしょうか！」

「今からそれを確かめに行くところだ」

「システィーも動けるなら一緒に来てほしい。行けそう？」

「もちろんです！　お供しますよ先輩！　ラルク殿下！」

元気いっぱいの返事が聞けて、私も少しだけ元気をもらった。その後、私たちは廊下を歩いて他の人たちの状況を確認する。

廊下にはすでに部屋から脱出した人がチラホラ見える。顔見知りも多くいて、多少の怪我人はいるみたいだけど軽傷で済んでいるみたいだ。

ただ、室長さんやレン君の姿は見当たらない。室長さんの部屋は特に物が多いから心配だ。私たちは急ぎ足で室長室へと向かった。

「室長さん！」

「無事ですかレン君！」

私とシスティーで扉を開ける。案の定、たくさんの物が床に散乱している。物の多さも相まって一番酷いかもしれない。

だけど心配する必要はなかったみたいだ。

「……室長、あれほど片付けてくださいと言いましたよね？」

「はい」

「こういうことが起こるかもしれないから早急に、と言ったはずですよ？」

「……はい。すみませんでした」

中に入って早々、飛び込んできたのはレン君に怒られてしょんぼりする情けない室長さんの姿だったから。

いつも通りの光景過ぎて、逆に反応に困ってしまう。

「あっ！　アレイシアちゃんにスティーちゃん！」

「お二人とも無事だったんですね」

「はい。室長さんたちも大丈夫……だったんですね」

「大丈夫じゃないですよ」

レン君が大きなため息をこぼす。

どうやら地震が起きた時、レン君は廊下にいたらしい。揺れが治まってすぐに室長室に向かうと、室長さんが倒れてきた本の山に埋もれていた。

レン君が慌てて本をかき分けて救出したおかげで助かった、という話だった。

「僕が助けなかったら、どうするつもりだったんですか？」

「そ、その時は自力で」

「無理でしたよね？　助けてーと聞こえましたよ」

「うぅ……返す言葉もないわね」

レン君もいつになく真剣な顔で怒っている。それはそのまま室長さんに対する心配の表れだった。

室長さんもそれを感じとっているのか、怒られているのに少し嬉しそうだ。

「大体の無事は確認できたか。それじゃ、俺は街のほうへ向かう。途中で動ける者をかき集めないとな」

「私も一緒に行くよ！」

「ああ、頼む」

「あたしも行きますよ先輩！」

「ありがとう。でもシスティーは先に、私たちの薬室から必要そうな薬を集めて持ってきてほしいの。頼める？」

「もちろんですよ！　お任せください！」

システィーは元気いっぱいに返事をして駆け出す。それに続いて私とラルクも室長室を後にした。

王宮のことは室長とレン君に任せて、私たちは街の被害を確認するため走る。道中に騎士たちや医師にも声をかけて。

相手は過去最大級の大地震だった。王宮は頑丈な造りになっているおかげで無事だけど、街は大丈夫だろうか。

一抹の不安が募る。

どうかみんなが無事であってほしい。その思いを胸に街に向かう。

そこには、変わり果てた街の姿があった。

「痛いよぉ、お母さん！」

「危ないから離れなさい……」

「嫌だ嫌だ嫌だ！」

「我儘……言わないで」

瓦礫の下敷きになった母親の前で、子供がワンワンと大声で泣いている。そこだけじゃない。

街の至るところで負傷者が悲痛な声をあげていた。

大地震の影響で倒れた家具や照明。古い建物は壁や天井から崩れてしまい、酷いものは家そのものが倒壊している。

「助けてくれぇ！　腕が、腕が潰れて動かないんだぁ！」

「息子はどこですか？　まだ生まれたばかりなのに」

「くそっ！　煙のせいで中に入れないぞっ」

「医師はいないのか！」

落雷による被害の比ではない。街を支配するのは混乱と恐怖、それら全てが痛みを伴っている。

もう見ていられないほどに酷い状況に、私たちは絶句する。

「救護を急げ！　また次の地震が来るかもわからない！　早急に助け出すんだ！」

そんな中、ラルクが声をあげた。

彼の声に皆が奮い立ち、一斉に動き出す。私も背中を押された気持ちになって、周囲を改めて見渡す。

どこか安全な場所はないか。崩れている建物の中で、比較的丈夫そうな場所を探す。そして見つける。

「ラルク！　あそこなら雨もしのげるし安全だよ」

「よし！　負傷者はあの建物に運んでくれ！　重傷の者から優先して治療していくぞ！」

救助された負傷者が次々と一か所に集められていく。まだ一分も経過していないのに、指定した建物が満員になる。

「くそっ、他に安全そうな建物はないか？」

「殿下！　隣の家も使えそうです。家主の了承も得てきました」

「よくやった。入らない者は隣の家に運んでくれ！」

いつになく慌ただしい。明らかに人手が足りていない。救助する人員も、なにより治療するための人員が不足している。

重傷者を医者が見ていく。中にはわき腹に瓦礫の一部が刺さったまま運び込まれた人もいた。

他にも頭を打って骨まで見える状態や、足が潰れて変形している人もいる。

「システィーは？」

私の手元にはほとんど薬がない。頼りの万能薬はシスティーが持ってきてくれているはず。だけど……。

「うぅ……」

「間に合わない」

医者も目の前の人で手一杯で動けない。さらに次々と重傷を負った人が運び込まれてくる。

四方から悲痛な声がいくつも聞こえる。

「助けてくれ……」

「死にたくない……死にたくないよぉ……」

「お母さん！　おかあさあああん！」

「聖女様は！　聖女様はいないんですか！」

一人の女性が騎士の腕を摑んで泣いている。聖女の力なら、ここにいる人たちを救うことはできるだろう。しかし彼女も今頃、王城にある大聖堂で治療に追われているはずだ。

ああ、情けない。こんな時、聖女の力があればと思う自分がいる。必要ないと、使うべきではないと思いながら……。

どの道、今の私には聖女の力は——

救いなさい。

「え？」

声が聞こえた気がした。その声を聞き間違えるはずがない。私の頭にささやきかけるのは、間違いなく天からの声、我が主《しゅ》である。

感じる……私の中に、再び聖女の力が溢れてくる。

——力を使いなさい。

「それは……でも……」

使うべきではないと、過去の自分を思い出しながら強く拳を握る。そんな私の迷いを晴らすように、主は私に語りかけた。

「――わかりました」

主がそうおっしゃるなら、私は祈るだけだ。

この決断が、今世の私にとって……ううん、今を生きる人々にとって大切な試練となるのなら。

私は両手を握る。

「主よ――光あれ」

私の身体から光が溢れ出る。その光は傷ついた人々を包み込み、癒《いや》していく。奇跡の力、聖女の祈りを。

その場にいる多くの人々は目撃した。

「聖女様……聖女様がいらっしゃったぞ！」

「聖女様ぁ！」

歓声が沸き上がる。

彼らは目撃した。新たな聖女の誕生を。彼らは知ってしまった。聖女の力が災厄を退けることを。

「アレイシア……」

「はぁ……ここからだよ」

もう後戻りはできない。ここから先、自分がすべきこともハッキリしている。

かつて大聖女と呼ばれた者として、人々の心に聖女という存在を強く植え付けてしまった身として……最後の責任を果たそう。

第五章

神の試練

降り止まない雨の中、絶望の淵に追いやられた人々は目撃した。温かくも力強い光を。人でありながら、神の御業を体現する者の姿を。

沈み込んでいた人々の心にも光が灯る。ボロボロになった王都の街で、人々は喜びに声をあげる。

「聖女様だ！　聖女様が我々をお救いくださったぞ！」

「もう一人の聖女様よ！　きっと神様が私たちのためにお遣わしくださったに違いないわ！」

「ああ、これでこの国は大丈夫だな」

「ええ、なんたって聖女様が二人もいらっしゃるのだから」

二人目の聖女の誕生は、彼らにとっての希望だった。そして興奮が覚めぬまま、噂は一瞬で王都の外へと広がる。

誰もが救いを求めていた。だからこそ、いち早くその話は広まった。誰も彼もが噂を信じ、希望に満ちた表情で別の誰かに語る。

聖女様がいれば、私たちは大丈夫だ――と。

「まさか。あの時の言葉が事実だったとは……我ながら損なことをしてしまったようだな」

「……それは誰にとっての損ですか？　兄上」

「言わなくてもわかっている癖に」

「そうですね。兄上が考えているのは、いつもこの国のことですから」

王城の一室で、二人の王子が向かい合う。仲睦まじく談笑を、という雰囲気ではなかった。

むしろ冷たく、お互いに距離を置いている。

「お前は知っていたんだろう？　彼女の秘密を」

「どうでしょうね」

「今さら隠すことないだろう？　お前たちは婚約者だ。秘密の共有をしていてもなんの不思議もない。それに……」

アンデルは窓の外を見つめる。未《いま》だに雨が続く王都の街。しかし、僅かに活気が戻り始めていた。

天災の恐怖に怯えていた人々が、新たな聖女の誕生で心の安寧を得た。もう心配はいらない。何があっても、聖女が助けてくれる。

そういう安心感が、彼らを普通の生活へと戻し始めている。

「もう誰もが知っている。彼女の力を、多くの民衆が目撃した。お前がどう思っていたかなど関係なく、隠すことはできない」

「……わかっています」

ラルクも窓の近くまで歩み寄り、王都の景色を眺める。人々の不安が和らいだことは喜ぶべきだろう。一国の王子としてなら尚更。

だが、彼の表情は険しいものだった。素直に喜べない理由は、彼がアレイシアと深く関わっているから。彼女の想いを、過去の後悔を知っているからに他ならない。

そう、人々はまだ知らないのだ。

彼女が伝説の大聖女だったことを。そんな彼女がどういう最期を遂げ、死の間際に何を思ったのかを。

「……兄上は、これからどうするおつもりですか？」

「無論、世間の声に応えるだけだ」

「それはつまり……聖女の力に頼るということでしょうか？」

「わざわざ確認が必要か？」

アンデルは挑発的な視線をラルクに向ける。弟であるお前なら、兄である自分の意思など聞かずともわかるだろう……と。

事実、この質問に意味はなかった。なぜならラルクは、兄アンデルが考えていることに気付いていたから。

気付いた上で質問したのは、最後の確認のためだった。

ユーステッド王国第一王子アンデル・ユースティア。ラルクの兄であり、次期王になることが決まっている男である。

彼は合理的な男だった。彼が考えているのは国の利益について。国の発展、安寧のためならあらゆる手段を厭《いと》わない。

仮に自身に不利益が被ったとしても、それが国にとって利益になるのであれば迷わず実行する。

そんな彼が、聖女の存在を確信すればどうするかなど、ラルクには手に取るようにわかった。

「皆が聖女を求めている。ここで使わずしてどうする？」

「聖女は物ではありません。彼女たちも――」

「一人の人間だと、お前は言いたいのだろう？」

言葉を取られ先に言われたラルクは眉根をひそめて口を噤《つぐ》む。ある種拗《す》ねたような表情に、アンデルは笑う。

「聖女は我が国にとって貴重な財産であり象徴だ。この国は聖女の存在によって支えられてきた。聖女が不在だった長い年月も……だ」

今は聖女がいなくても、人々が窮地に陥った時には現れてくれる。かつて多くの人々を救った大聖女のように。

そんな漠然とした安心感が彼らの中にはあったとアンデルは語る。ラルクはそれを否定しなかった。

「そんなことを、これから先も続けるのですか？」

「それがもっとも効率的だ。人々の安心を守り、我々が支持を受ける。これ以上に確実な方法はないだろう」

「……国としてはそうかもしれません。ですが、彼女たち自身はどうなるのです？

兄上も聞いたはずです。アレイシアから、聖女の力がどういうものかを」

「力のリスクの話だね」

ラルクは小さく頷く。

初めてアレイシアが自分の正体を明かした時のことをアンデルは思い返す。あの時、彼女が伝えたかったのは自分の正体ではなく、聖女の力には大きなリスクがあるというものだった。

聖女の力は、聖女自身の生命力を消費する。すなわち、使いすぎれば寿命を削り、やがて命が尽きるが……。

「もちろん、彼女が聖女だと確信した時点で信じているさ」

「だったら！」

「だから、その上で必要だと言っているんだよ」

「兄上！」

ラルクは声を荒らげる。少なくとも途中まで、冷静に、理性的に会話を成立させていた。しかし今の発言を聞いて、ラルクの表情が一変する。

兄に対して向けるものにしては、あまりにも鋭い怒りと熱意だった。

「ふっ、初めてだな。お前がそこまで怒りを見せるのは」

ことがことですので」

「そんなにも彼女のことが大切か？」

「愛する人を大切に思うのは、人として、男として当然でしょう？」

アレイシアの命を軽んじられて、ラルクも冷静さを失いかけていた。ただ、彼も怒りで我を失うほど子供ではない。

怒りながらもぐっと堪《こら》えているのが、強く握りしめた拳に表れている。

「ならば、お前はどうする？」

「——！」

「私の意見はさっき伝えた。それが間違いだというのなら、お前はどうするべきか聞こうじゃないか」

「俺は……」

ラルクは咄嗟に答えられず、視線を下方向に向けて考え出す。アンデルは小さくため息を漏らし、彼に背を向けて続ける。

「意見を否定するだけなら簡単だ。だがそれだけでは意味がない。代案のない否定など、なんの価値もないのだから。お前は、否定するだけの無価値な人間なのか？ラルク」

「俺は……伝えるべきだと思います」

「誰に？」

「この国に生きる人々に」

「何を？」

「真実を」

聖女の力にはリスクがあること。それを人々に伝えるべきだとラルクは主張する。

対してアンデルは問い続ける。

「それをしてどうなる？　だから諦めろと、耐えろと言うのかい？　それを受け入れろと」

「違います。共に乗り越えればいいと。今までがそうだったように、一人一人の力を合わせて困難に立ち向かうんです」

「理想論だな」

「そうです。理想論です。でも……人はいつだって、届かせたい理想のために手を伸ばしてきたんです」

ラルクは力強く強調するように声量をあげた。その言葉を口にする彼は、最愛の人の姿を思い浮かべる。

理想のために全力で努力し、手を伸ばし続けた。誰よりも直向《ひたむ》きに、愚直に諦めず……その代表こそが彼女だと。

千年もの昔からずっと、人々の前を歩き続けている存在が隣にいる。だからこそ彼も、理想を見据えて手を伸ばす。

「面白いことを言うようになったな」

「俺は本気ですよ。それに、兄さんが考えている案より、こっちのほうが安定して国の利益に繋がります」

「そうだな。実現すれば……の話だが」

「します。いいえ、彼女ならさせます。兄さん、今世の彼女は聖女じゃない。彼女は、この国で最も優れた薬師《くすし》なんです」

聖女の力に頼るのではなく、人の知恵を集めて難題に立ち向かう。彼女が選んだ道、そして……これまでも、多くの壁を乗り越えてきた。

彼女に対する信頼が、ラルクの言葉を強くする。

「……それを、お前が伝えるのか？」

「え？」

「ラルク。言葉とは伝える人間が誰かによって大きく意味を変える」

「……はい」

わかっています、とラルクは返した。

アンデルは目を伏せ、一言。

「ならば待とう。どのような結果になっても、私は責任を取らないが、それでもいいならな」

「もちろんです。これは俺の選択で、彼女と共に歩く道ですから」

「……ふっ、本当に面白いことを言うようになった」

◇◇◇

「アレイシア、君に頼みたいことがある」

「私も、ラルクに話したいことがあったんだ」

片付けの終わった薬室にラルクがやってきて、真剣な表情で話があると言った。

私たちはソファーに座って向かい合っている。視線を逸らさず、数秒の沈黙を経て、二人して気が抜けたように笑う。

「ははは」

「ふふっ」

笑みに込められた嬉しさと呆れ、全てが重なっている。

「たぶん、同じことを考えてるんだよな」

「そうだと思う。ラルクなら、そうなんじゃないかって」

「俺もだよ。アレイシアならこう考える。そう思っていた。だから――」

私たちはきっと同じことを考えている。同じ決意を胸に秘めている。私たちは答え合わせをするように、声を揃えて言う。

「「このままじゃ駄目だ」」

最初の一言が重なる。そのまま、続けるようにラルクが言う。

「人々は今、聖女の力に縋《すが》っている。聖女がいるから安心だと、心配はいらないと思っている」

「うん……それは、あの頃と一緒だよ」

千年前、私が聖女として人々の前に立っていた頃を思い出す。彼らの視線は希望に満ち、安堵していた。

その全ての視線が、一人の人間に向けられていたんだ。

「聖女の力に頼れば、確かにたくさんの人が救える。この大災害からも早急に復興できる。だけどそれは、一人の犠牲の上に成り立つ平穏だ。そんな未来を俺は望まない。目指すなら、みんなの力で乗り越えた未来だ」

「うん。私も、そうであってほしいと思う」

やっぱり、ラルクは私と同じことを考えてくれていた。それがどうしようもなく嬉しくて、心を震わせる。

そして、私はあの日のことを思い返す。

「あの時……声が聞こえたんだ」

「声？」

「主《しゅ》の声が、力を使いなさい。人を助けなさいって。だから私は力を使った。その後にどうなるか知りながら……だからこの状況は私の責任でもある」

「責任なんて、お前が悪いわけじゃないだろ」

ラルクは優しいことを言ってくれるけど、私は首を横に振る。

「ううん。今回の話だけじゃないんだ。今まで……千年前の私が残したことが、現代まで続いている。これは過去の私が残したことでもある。だから、今の私がやるべきことは決まってる」

「アレイシア……」

「そんな顔しないで。実はね？　主の声には続きがあるの」

私に聖女の力を使うように示した主のお言葉。その続きに、主はこう仰せられた。

「多くを救いなさい。そして――乗り越えなさい」

「乗り越える……か。まるで神からの試練だな」

「私もそう思う。だから私は、迷いを捨てて聖女の力を使ったの。この選択は間違っていないって思えたから」

「そうか」

ラルクは安堵したように声を漏らす。このままじゃいけないと、言葉では口にしても不安はあったはずだ。本当に正しいのか、自分の想いを皆が受け入れてくれるのか。

私が聞いた主のお言葉が、少しでも彼の自信を支える力になってくれたら嬉しい。そして何より、私が体現したい。彼が信じた私を、願った未来が間違いではないことを。

「ラルク」

「ああ、わかってる。場は設けよう。実はもう、兄上とは話がついているんだ」

「アンデル殿下と？」

いつの間に……つまりアンデル殿下も私たちの意思を尊重してくれたの？

「全ての責任は俺たちが負う。それでもやるなら、好きにすればいい。兄上はそうおっしゃっていた。アレイシアは、それでもいいか？」

「もちろん、それで十分だよ」

「なら、早急に準備をしよう。お前も話すことをまとめておいてくれ」

「うん。頑張るよ」

自分がすべきことを見定め、それを大切な人が信じてくれる。なら私は、自分を信じて突き進むだけだ。

祈るのではなく、人々に想いを伝えるために。

◇◇◇

雨は降り止まない。

人々は王都を中心に集まっていた。

「急に王城の前に集まってほしいって、一体なんなのかねぇ」

「大切な話があるとか」

「きっとあれよ。新しく誕生なされた聖女様のことよ！」

「違いない。私たちの希望！　聖女様のお言葉が聞けるんだ」

王国から発信されたメッセージにより、王都に住む人たちの大半が集まっていた。

雨も比較的弱くなっている。人々の熱気が湿気を、雨の冷たさを緩和する。

年老いた老人が、まだ年端もいかない赤子をつれた母親が、大変な日々を送りながら集まったのは、ひとえに期待から。

聖女が、自分たちの未来を示してくれることを期待しているからだった。

声は聞こえなくても、顔が見えなくても感じる。人々の想いが、誰に、私に向けられていることが……。

「アレイシア」

「……うん。お願い、ラルク」

「ああ、行くぞ」

私より先に、ラルクが王城のベランダから姿を見せる。最前列の人がそれに気付き声を上げ、後ろに集まる人々にも伝わる。

ラルクが大きく深呼吸をして、お腹から声を出す。

「――王都に住む皆、どうか私の声を聞いてほしい！」

「な、なんだ？　声が響いて」

「こんなにも大きく聞こえるものなのか？」

人々は驚いていることだろう。いくら大きな声を出そうと、王城から離れた場所まで届くことはない。

それではだめだからと、フリーミアおばさんに協力してもらって特別な魔法の道具を用意した。

ラルクが話しかけている紫色の水晶には、拾った音を拡散させる力がある。彼の声は今、王都中に伝わっている。

「私はユーステッド王国第二王子、ラルク・ユースティア！」

「ラルク殿下だ！」

「ラルク殿下のお声だ！」

ラルクは国民にも人気が高い。王族だから当然と思われるかもしれないが、日頃から国民のことを考えている結果だろうと私は思う。

人々の沸き立つ感情が、声がここまで届きそうなほどに盛り上がる。

「まず、皆には苦しい状況を強いていることを詫びたい。王子として、不甲斐ないばかりだ」

「だが、どうか俯《うつむ》かないでほしい。苦しい今だからこそ、前を向いてほしい。皆もすでに知っていると思う。私たちの下に、もう一人の聖女が生まれた」

「聖女様！　そうだ！　私たちには聖女様がついている！」

聖女という単語を聞いた途端、人々が明るい表情を見せたのがわかる。見えなくても、感情が伝わってくる。

しかしここで、ラルクの声が空気を変える。

「我々の国は聖女という存在に支えられてきた。だからこそ、我々にはまだ知らなくてはならないことがある」

「え？」

「知らなくては……？　なんのことだ？」

「ただ、これは私から伝えるべきではない。私ではなく、彼女から聞いてほしい。そして考えてほしい。これからのことを、我々が進むべき道を」

彼の言葉は人々に疑問を残す。そして彼は振り返り、待機していた私と視線を合わせる。

「頼んでいいか？」

「ラルク殿下……」

「うん」

そう、ここから先は私がすべきことだ。私は前へと歩き出し、ラルクの隣までやってくる。

この水晶の向こうには、王都に住む人々が立っている。私の声は彼らに届く。あとは、どこまで届いてくれるか。

声が伝わるだけじゃ足りない。彼らの心に、私の想いを届けたい。自然と肩に力が入る。

「大丈夫だ。アレイシア」

「ラルク……」

「俺も一緒にいる。ここにいるから」

そう言って彼は、私の手を優しく握った。ほんの一瞬、一秒にも満たない触れ合いで、私は肩の力を抜く。

気負いすぎなくていい。私はただ、胸に秘めた想いをぶつけるだけでいい。彼が信じてくれた自分を、さらけ出せばいい。

彼の存在が、私に勇気をくれる。

「すぅー……初めまして、王都の皆さん。私はアレイシア……王宮で働く薬師です」

「女性の声……この声、そうか！　あの時の聖女様だ！」

「間違いない。私たちを助けてくれた声だ！」

聖女の奇跡を見せた時、近くにいた人たちは声を聞いている。一人が気付き沸き立ったことで、周りにも伝わっていく。

ざわめきが王都を包む中、私は一呼吸置いて口を開く。

「まずは、このような場をいただけたこと、深く感謝いたします。すでにご存じの通り、私には聖女の力があります」

「聖女様ー！」

「――ですが、この力は突然目覚めたものではありません。ずっと前から……私が別の名前だった頃から持っています」

「え、別の名前？」

「なんの話を――」

「私の前世の名はパルテナ。今から千年ほど前、聖女として生まれました」

人々はどんな顔をしているだろう。驚いて目を丸くしているだろうか。ありえないと呆れているだろうか。

私には一人一人の反応を見ることはできない。私にできることは、ただ真っすぐに話し続けることだけ。

私は語る。ずっと隠してきた秘密を、人々が知らない真実を。

聖女の力はあらゆる傷を、病を癒《いや》す。それこそまさに神業、天から遣わされた奇跡の力。

しかし、そんな規格外の力になんのデメリットもないはずがない。聖女の力は自らの生命力を消費する。命を削って他人を助けていたことが、初めて人々に伝えられた。

「そ、そんな……本当なのか？」

「嘘よ。そんなのってないわ」

「でも、聖女様がおっしゃっているんだ」

「事実なら……我々は聖女様の命を犠牲にして助かったというのか？」

歓喜と安心で溢れていた王都は一変する。大災害が起こった時と同じように、混とんとした不安が広がる。

自分たちの幸福が、聖女という一人の人間の犠牲によって成立していた事実に、多くの者たちが困惑し、悲観する。

そして……。

「そ、それじゃ……これから私たちはどうすればいいんだ？」

「聖女様のお力もなしにどうやって……」

この窮地を乗り越えればいいのか。不安を煽るように、降りしきる雨はいっそう強さを増した。

私は思う。この雨はきっと、人々の心が流している涙なのだと。ならば私は、彼らが涙をぬぐい、立ち上がるために手を伸ばそう。

聖女としてではなく、共に生きる人間として。今は……薬師として。

「過去、現在……私は多くのものを見て、経験してきました」

聖女として生きた前世。救えなかった多くの命を悔いて、私は今世で薬師を目指した。聖女として救える者には限界がある。

所詮は一人、手の届く者しか救えない。何より、私がいなくなれば、人々は支えを失う。それでは駄目だと思ったから、違う道を模索した。

「聖女として祈り続けた日々……それが間違いだったとは思っていません。多くの人が笑っていました。たとえ短い生涯でも、みんなの笑顔を守れたことはいいことだと思います」

そうだ。私がしてきたことは、決して間違っていたわけじゃない。多くの人を救った選択が、間違いであるはずがないんだ。

ただ、足りなかった。それだけじゃ駄目だった。

「私は一人の人間です。特別な力があっても、手は二本しかありません。目も耳も、声だって届けるには限界があります。私はそれに気付くべきでした。いえ、気付きながら一人で抱え込んでしまった」

そこだけが大きな間違いだった。私はもっと頼るべきだったんだ。身近な誰かを、私を支持してくれる人を。

一人の手で支えられない物も二人、三人なら支えられる。それでも不足ならもっと大勢の人に声をかければいい。

国を支えるには国中の人が、世界を支えるなら世界中の人が、共に手を取り合って支え合う。そういう未来の、手助けをするべきだった。

「私は今世でいろいろなことを経験しました。たくさんの人と関わりました。聖女だった頃よりも深く……おかげで気付けました。人は誰でも、大切な人のために努力できることを」

守りたい人がいる。達成したい目標がある。理由はなんだっていい。その想いが強ければ、本物ならそれでいい。

その想いがあれば、人はどんな困難にも立ち向かえる。私は今世でそれを知った。たくさんの人に助けられてここまで来られた。人は一人でも生きていける。自分一人が生きるだけなら簡単だ。

だけど、みんな隣の誰かを気にしてしまう。人は優しい生き物だから、一人のほうが楽だとしても、関わることを止めたりしない。

その優しさが、強さがあれば――

「どんな困難も乗り越えられる。私はそう確信しています。私の……聖女の力は、それに気付くきっかけだったんだと、今は思います」

この力があったから、多くの人を救えた。私はずっと望んでいた。もっとたくさんの人を救いたい。私がいなくなった後も、未来まで……守れるように。

そのための準備はできている。今の私には、それができる。

「私たちはもう、私たち自身の力で困難に立ち向かえる。思い出してみてください！　皆さんも、ずっとそうしてきたはずです！」

「私たちは……」

「そうだ。ずっと大変なこともあったけど、自分たちで頑張って……」

「信じてください。私じゃない。自分自身の力を！　人が持つ可能性は、この雨にだって負けはしません！」

祈ったわけじゃない。

聖女の力に、雨を晴らすような力はない。それでも――

「雨が……あがった」

「空が見える。青い空が……」

「ああ、久しぶりに見る」

雨は上がった。

これこそが本物の奇跡と呼ぶべきことだろう。もしかしたら、神様が私の想いに応えてくれたのかもしれない。

この選択が正しいと……そう言ってくれているように見える。

「今世の私は聖女ではありません。私は……薬師です」

最後の言葉を彼らに伝える。どうか伝わってほしい。そして、共に歩んでほしいと切に願いながら――

「一人の薬師として、私は全力を尽くします。どうか皆さんも、大切な人を、今隣にいる誰かを支えてください。自分自身の手で」

雨音が消え、代わりに王都を包み込んだのは万雷の喝采だった。

その音は、魔法の道具なんて使わなくても、私の耳に確かに聞こえている。

それこそが、人々が受け入れてくれた証拠だった。

だからもう私に、人々に……この力は必要ない。

◇◇◇

私の居場所、私の薬室。

ここで過ごした日々を思い出しながら、改めて決意する。私は宮廷薬師のアレイシアだと。聖女パルテナは、もういないと。

「ずっと黙っていてすみませんでした」

「いいわよ。言えない理由はよくわかったわ」

「室長さん……」

人々の前で宣言をした後、私は室長さんとレン君、システィーに集まってもらった。あの話は当然、みんなの耳にも届いている。

ここにいる全員が、私が聖女だったことを知っている。

「システィーも、ごめんね」

「何言ってるんですか！　謝ることじゃないですよ！」

「システィー……」

「驚きはしましたけど、先輩は先輩じゃないですか！　私にとっては、とっても優しくて頼りになる先輩です。何も変わってませんよ！」

彼女の明るく真っすぐな声が、笑顔が、私の心にあった罪悪感を洗い流す。後ろめたさを感じる必要はないと、彼女が教えてくれた。

「ありがとう……」

「お礼を言うのはまだ早いですよ！　ね、室長さん」

「そうね。私たちは宮廷薬師！　私たちの仕事は何？　アレイシアちゃん」

私は涙をぬぐい、室長さんの質問に答える。

「薬を作って、みんなに届けることです」

「そうよ！　だから、私たちのお仕事を始めましょう」

「はい！」

みんながそれぞれの薬室に戻っていく。秘密を打ち明けた後でも、変わらずいつも通りに仕事に向かう。

去っていく後ろ姿を、これほど嬉しいと感じたことはない。

「あっ、室長さん！　少しお話が……」

「ん？　どうしたの？」

感動しっぱなしで大切な相談をするのを忘れていた。最後に部屋を出て行こうとした室長さんを引き留め、私は彼女に相談する。

「今後のことですが、しばらく王都を出たいと思っています」

「え、急にどうしたの？」

「ラルクから聞いたんです。この状況は私たちの国だけじゃなくて、世界中でも起こっているって」

私が知らないところで多くの人が苦しんでいる。そういう人たちを助けたいから、私は薬師になったんだ。

「だから、万能薬の作り方を教えて回りたいんです。ラルクと、王国の許可は取ってあります」

「……そう。だったら言うことはないわ」

「ありがとうございます」

室長さんは小さく微笑む。

「けど、随分な長旅になりそうね。一人で大丈夫なの？」

「そう……ですね」

世界中を巡って万能薬の作り方を広める。世界は広い。スノーライン王国の時のような、ひと月じゃ済まない。

半年……もっとかかるかもしれない。

「さすがに一人じゃ大変でしょ？　うちから一人くらいは連れていきなさい」

「ありがとうございます。それなら――」

「私が行きます！」

「「システィー！」」

彼女が薬室の扉を開けて堂々と登場した。どうやら帰ったフリをして、こっそり扉のところで話を聞いていたらしい。

「先輩と一緒なら私以外ありえません！」

「……ふふっ」

「せ、先輩！　なんで笑うんですか！」

「ううん、だって、私もそう思っていたから」

一緒に旅をしてもらうならシスティーがいい。私もそう思って、ちょうど名前をあげようとしていた。

それを遮って名乗りを上げるものだから、なんだか嬉しくなって思わず笑ってしまったんだ。

「いいの？　長い旅になるよ？」

「もちろんです！　先輩と一緒ならどこへでもお供します！」

「……そう。ありがとう」

「どういたしまして！　というか、また先輩と離れ離れになるほうが嫌ですからね！　ダメって言われてもついていくつもりでしたから！」

「システィーちゃんならそういうと思ったわよ。それじゃ二人とも、よろしく頼むわね」

「「はい！」」

私たちは揃って力いっぱい返事をする。

出発は次の日の早朝。馬車を用意され、スノーラインの時と同じようにエドラドさんたちが同行してくれることになった。

「またよろしくお願いします、アレイシア様。今度こそお守りいたします」

「はい。頼りにしていますね」

見知った間柄の人がいてくれると心強い。今回は他国の支援も兼ねているから、同行する騎士たちの数も多い。

私とシスティーは馬車に乗り込む。

「出発ですね」

「うん」

「……よかったんですか？　殿下とお話ししておかなくて」

「大丈夫。もう、約束は済ませたから」

ラルクは今頃、慌ただしく王子としての責務を果たしているだろう。あの宣言以来、ちゃんと話せていない。

だけど不安はない。心細さも感じない。いつだって彼は一緒にいる。私の心に寄り添ってくれる。

私は私の役目を、彼は彼の役目を果たして……またここに戻ってくる。その時には、めいっぱい触れ合おう。

「では行きます」

「はい」

こうして私たちは旅立った。
次に私がここへ戻ってくるのは、一年後になる。

エピローグ

共に歩む

淡い光に包まれた世界。真っ白で何もない空間は、私にとっては馴染みが深い。

聖女の力に目覚める前、何度もこの景色を見た。純白の視界の中で、ひときわ輝く光がある。

それこそが、私が信じてきた主《しゅ》。この世界の……神様だ。

「お久しぶりです。我が主よ」

「——はい。こうして言葉を交わすのは千年ぶりですね。私が選んだ最初の語り手パルテナ……いいえ、今はアレイシア、でしたね」

「はい。私はアレイシアです」

ただの光に見えるそこには神様の意思が宿っている。私は一人、神様の前に立っていた。

聖女といっても、神様と語り合える機会なんてそうそうない。私も千年前に一度だけ話したくらいだ。以降は声が聞こえるだけで、会話はできなかった。

たぶん必要なかったからだろう。

そして今は、必要になったからこうして私の前に姿を見せてくださった。

「よく頑張りましたね」

「――！　主のお導きのおかげです。あの日、主は私におっしゃいました。多くを救いなさい。そして乗り越えなさいと。その言葉の意味を私は考え、人々がそれを受け入れてくれました」

「ええ。見ていましたよ。貴女を通して」

「主は、こうなることを予見されていたのですね」

神様は沈黙する。形のない光は、けれど首を振っているように見えた。

「期待していただけです。人は……貴女たちならば、違った道を選ぶことができるのではないかと。そして貴女たちは選びましたね」

「はい。選びました」

聖女の力に頼るのではなく、自分たちの力で困難に立ち向かい、乗り越える道を。

その光景を見通して、神様は言う。

「ではもう、私の力は必要ありませんね」

「はい」

「素晴らしい答えです。だからこそ、見守ってきた意味があります」

「主よ！」

光が弱まっていく。神様の存在が遠のいていくのがわかる。

「どうか、これからも私たちを見守っていてください！　主のお力はなくとも、その温かな光が、私たちを照らしてくれる。それだけで……私たちは満たされるのですから」

「――ええ。見守りましょう。これからも――」

◇◇◇

「――ぱい」

「う……」

「先輩！　そろそろ起きてください」

「……システィー」

馬車の揺れが身体に伝わる。目を覚ました私の目に、システィーの満面の笑みが飛び込んでくる。

「やっと目が覚めましたね」

「……うん、ごめんね」

「いいですよ。先輩が一番疲れてますもんね！　いっぱい寝て、いっぱい楽しい夢をみてください！」

「楽しい夢……ふふっ、そうだね」

今の夢を鮮明に覚えている。と同時に、自分の中から聖女の力が完全に消えたことがわかった。

今はもう、神様の存在を感じることも、声を聞くこともできない。少し寂しくはあるけど、神様が私たちを認めてくれた証拠でもある。

私はぎゅっと胸の前に手を当てる。

「本当に、ありがとうございました」

今まで私を、この世界の人々を支えてくれて。だからどうか、これからは安心して見守ってください。

「アレイシア様、システィー様、窓の外を見てください。懐かしい景色が見えますよ」

馬車を操るエドラドさんの声につられ、私たちは窓の外を覗き込む。なるほど確かに、懐かしい景色だ。

「先輩！　王都ですよ王都！」

「うん」

戻ってきたんだね……ついに。

王都を出発してから一年余り、私たちは世界各地を巡り万能薬の作り方を広めた。過去最大の天災によって、世界中の街や村は甚大な被害を受けていた。どこも、誰もが助けを求めていた。

私たちはそんな彼らを助けたくて、薬の作り方を伝え、復興支援に協力した。いろんな事件にも遭遇して、思った以上に時間がかかってしまったけど。

「帰って来たんだ。私たちの国に」

心の底から懐かしさが込み上げてくる。

王都の街並みはすっかり元通りになっていた。天災も、私たちが出発してひと月後には弱まり、本格的に復興が開始されたという。

落雷や暴風、地震で壊れた建物も修繕され、以前よりも綺麗になっていた。

そうして私たちは旅の終点にたどり着く。懐かしい王城と、王宮に。荷物と一緒に馬車を降りて、旅の仲間に挨拶をしてから、一目散に向かったのは薬室だった。

「アレイシアちゃん！　システィーちゃんも！」

「ただいま戻りました！」

「室長さん、レン君、遅くなりましたけど」

「お帰りなさい。二人とも」

室長室で一年ぶりの再会を果たす。私たちがいない間も、二人が中心になって頑張ってくれていたことだろう。

「レン君！　ちょっと身長伸びましたね！」

「一年経ってますからね。システィーさんは……変わりませんね」

「変わってますよ！　ちょっと大きくなりましたから！」

「そうですか？」

もっとよく見てくださいと必死になってアピールするシスティーを微笑《ほほえ》ましく見ていると、レン君と目が合う。

「アレイシアさん、この後に聖堂へ行ってもらっても構いませんか？」

「うん。私もそのつもりでいたんだ」

二人の他にも会いたい人がいる。特に彼女は身体のほうが心配だ。私がいない間にむちゃをしていないか。

私は大聖堂に向かう。

以前は人で大賑わいだった場所が、今は静かになっていた。聖堂の扉を開けると、そこには彼女が……。

「あら？　戻ってきたのね」

「はい。先ほど戻りました。お久しぶりですね、ミランダさん」

「ええ、久しぶりね」

現代の聖女ミランダさん。彼女も一年で少々大人びたというか、雰囲気が落ち着いている。

「お身体の調子はいかがですか？」

「再会して最初に聞くことがそれなのかしら？」

「はい。ずっと心配でしたから」

私がそういうと、ミランダさんは下を向いてため息をこぼす。そのまま呼吸を整えて、畏《かしこ》まった様子で口を開く。

「……貴女も主の言葉を聞いたわよね？」

「ミランダさんも？」

「ええ。だからわかるでしょ？　今の私には、もう聖女の力はないわ」

私が夢で話したことを、ミランダさんも神様から聞いていたようだ。もう聖女の力は必要ない。その言葉を受け入れ、彼女はただの人となった。

「まったく、説明するのが大変そうね」

「そう……ですね」

「まぁでも、大して変わらないわ。貴女が王都を出てから、私のところへ来る人が減ったのよ。聖女の力に頼る前に、自分たちでやれることをやりたいからって。だからもう、私に力があるかどうかなんて関係ないわ」

彼女はそう言いながら笑う。決してふてくされているわけでも、悲しんでいるわけでもない。むしろ、重圧から解放されたような清々しい表情をしていた。

「これからどうするんですか？」

「さぁ、まだ決めてないわ。でも……何かはしたいと思っているの」

「応援します。相談事があったらいつでも言ってください」

「ええ、そうするわ」

お互いもう聖女ではない。しがらみもなくなって、これからはただの友人として接していければいいと、私は思う。

彼女も、同じように思ってくれていたら嬉しい。

大聖堂を後にした私は、王宮の廊下を歩く。見知った人たちに声をかけられ、温かな言葉を貰う。

本当に帰って来たのだと思いつつも、未《いま》だ少しだけ実感がわかない。その足で向かったのは、私にとって最も馴染みの深い場所。

私の薬室だった。

「変わってないなぁ」

一年も留守にしていたのにあの頃のままだった。きっとレン君たちが掃除をしてくれていたのだろう。

懐かしい日々を思い返す。私はここで日夜薬の研究をしていた。システィーが助手だった頃は彼女と一緒に。

薬の調合を試したり、調べものをしたり、薬草の管理をしたり。薬師《くすし》として過ごした毎日が詰まっている。

そして夕刻、ちょうど今頃の時間になると——

「帰ってすぐに仕事か？　相変わらず真面目だな」

窓が開き、風が吹き抜ける。

私は振り向く。懐かしき声に引き寄せられて。彼はいつものように、窓から顔を出し、身軽な動きで薬室に入ってくる。

「やっぱりそこからなんだね」

「俺らしいだろ？」

「うん」

私たちは向かい合う。一歩ずつ確かに歩み寄って、手が届く距離まで。

「お帰り、アレイシア」

「ただいま、ラルク」

そのまま肩を寄せ合い、抱きしめ合った。

一年ぶりの抱擁は、私の心を真っ赤に燃え上がらせる。近くにラルクを感じる。彼の温もりが、匂いがある。

気付けば私の瞳からは、温かな涙が流れていた。

「ラルク……」

「アレイシア」

会話はなく、互いの名前を呼び合うだけの時間が続く。再会の嬉しさをかみしめて、お互いの存在を全身で堪能する。

五分くらい経って、ようやく私たちは顔を見合わせ話す。

「髪、伸びたな」

「うん。変かな?」

「いいや、似合ってるよ。綺麗だと思う」

「ありがとう。ラルクもなんだか大人っぽくなった?」

「そうか? ちょっと日に焼けたのはあるかな」

私が世界各地を旅している間に、ラルクも王子として街の復興に励んでいた。その証拠が、以前よりたくましくなった手足や肌の色に表れている。

「大変だった?」

「まぁそれなりにな。そっちも大変だっただろ?」

「うん。でも、不安はなかった」

「ああ、不安はなかった」

いつもラルクが、私の心の傍《そば》にいてくれたから。

そして彼の心にも……。

「話したいことがたくさんあるんだ」

「私もだよ。いろんなものを見てきたから」

「いいなそれ。土産話を楽しみにしていたんだ。先にアレイシアの話を聞かせてくれるか？」

「うん。その次はラルクだよ？　順番に話そう」

「そうだな。俺の話は結構長くなるぞ？」

「私だってそうだよ」

なにせ一年分の思い出だから。語るには同じくらい……いいや、私の気持ちも一緒に話すから、もっと時間がかかるかもしれない。

「構わないさ。だって、時間はたくさんあるだろう？」

「うん。時間はあるよ」

これから先、私たちの人生は続いていく。

離れていた一年の何十倍も長い一生を共に生きていく。私たちは強く思う。これから先、何があろうとも――

「これからは、ずっと一緒にいよう」

「――うん」

もう離れない。

貴方の隣に、最後までい続けよう……と。

あとがき

初めましての方は初めまして、そうでない方はまたお会いできましたね。日之影ソラと申します。

まず最初に、本作を手に取ってくださった方々への感謝を申し上げます。

一巻に引き続き、前世を聖女として生きた主人公アレイシアが、二度目の人生で薬師として奮闘するお話でした。

いかがだったでしょうか？

少しでも楽しんで頂けたなら幸いです。

一巻同様に、全て書下ろしをさせていただきました本作ですが、非常に伸び伸びと執筆することができました。私自身、とても好きなお話です。

また今回も魅力的なイラストに仕上がっております。今回も海鼠先生が描いてくださったカバーイラストや口絵など、相変わらず私好みの仕上がりで、自分で見ていてほっこりしてしまいます。

シリーズ二巻目となる本作ですが、一巻ではあまり語られなかったアレイシアの前世についても少し触れられましたね。

今回の登場キャラクターの中には、前世でアレイシアを支えた人物もいます。前世では壮絶な人生を送ったアレイシアですが、辛かったのは彼女だけでなく、彼女を支えていた彼もでした。

人間は、その気になれば一人で生きていくことはできるでしょう。しかし多くの人たちは他人と関わり、誰かと一緒に生きていきます。

聖女だったアレイシアも例外ではなく、多くの人たちと関わり、触れ合いながら生きてきました。

自分の幸せと、隣にいる誰かの幸せ。二つの幸せが叶った時こそ、本当の意味で人生は豊かなものになるということを、この作品では描いたつもりです。

少しでも伝わってくれていたら嬉しいです。

最後に、一巻に引き続き素敵なイラストを描いてくださった海鼠先生を始め、書籍化作業に根気強く付き合ってくださった編集部のKさんなど。本作に関わってくださった全ての方々に、今一度最上の感謝をお送りいたします。

それでは機会があれば、次巻のあとがきでお会いしましょう！

Jノベルライト文庫

前世《ぜんせ》聖女《せいじょ》だった私《わたし》は
薬師《くすし》になりました 2

2022年12月18日　初版第1刷発行

著　　者　日之影《ひのかげ》ソラ
イラスト　海鼠《なまこ》
発 行 者　岩野裕一
発 行 所　株式会社実業之日本社
〒107-0062　東京都港区南青山5-4-30
emergence aoyama complex 3F
電話（編集）03-6809-0473
（販売）03-6809-0495
実業之日本社ホームページ　https://www.j-n.co.jp/
印刷・製本　大日本印刷株式会社
装　　丁　AFTERGLOW
D T P　ラッシュ

ISBN978-4-408-55770-0（第二漫画）